MW00699907

En contacto

(Cuaderno de ejercicios y Manual de laboratorio)

Novena edición

Mary McVey Gill

Brenda Wegmann
University of Alberta, Extension

Teresa Méndez-Faith
Saint Anselm College

HEINLE
CENGAGE Learning

Australia • Brazil • Japan • Korea • Mexico • Singapore • Spain • United Kingdom • United States

HEINLE
CENGAGE Learning™

For product information and technology assistance, contact us at
**Cengage Learning Customer & Sales Support,
1-800-354-9706**

For permission to use material from this text or product,
submit all requests online at **www.cengage.com/permissions**
Further permissions questions can be emailed to
permissionrequest@cengage.com

ISBN-13: 978-0-495-90855-5
ISBN-10: 0-495-90855-X

Heinle
20 Channel Center Street
Boston, MA 02210
USA

Cengage Learning is a leading provider of customized learning solutions with office locations around the globe, including Singapore, the United Kingdom, Australia, Mexico, Brazil, and Japan. Locate your local office at: **www.cengage.com/global**

Cengage Learning products are represented in Canada by Nelson Education, Ltd.

For your course and learning solutions, visit **www.cengage.com/heinle**

Purchase any of our products at your local college store or at our preferred online store **www.cengagebrain.com**

Printed in the United States of America
1 2 3 4 5 6 7 14 13 12 11 10

CONTENTS

Changes in the Ninth Edition of the Student Activities Manual

Although the basic scope and sequence of the **Student Activities Manual (SAM),** the *Cuaderno de ejercicios* and *Manual de laboratorio,* are maintained in the ninth edition, all twelve chapters of both the workbook and the lab manual have been revised and updated. In particular, the following features are new.

- Six of the seven songs included in previous editions of the lab manual have been replaced by new songs or poems put to music (Chapters 1, 3, 5, 6, 8, and 12), and followed by new listening comprehension activities.

- There are several new photographs and illustrations in the workbook, some of them to go with new composition topics (Chapters 1 and 11), and some to illustrate other activities, including reading comprehension segments (Chapters 2, 6, 7, 9, 11, and 12).

- All cultural information in both the workbook and the lab manual has been revised and updated. This includes most reading and listening comprehension activities in the workbook as well as the lab manual. A few have been changed or extensively revised in the workbook (Chapters 3, 7, 10, and 12) and also in the lab manual (Chapters 3 and 10).

CAPÍTULO 1

En busca de la felicidad

Gustar

CE 1-1 ¿Te gusta (gustan)…? *It is the first day of school, and Alicia is asking Sonia, her new roommate, about her likes and dislikes. Follow the models to ask the questions Alicia would, and answer them according to the prompt.*

❂ MODELOS   a. escuchar música   ALICIA: **¿Te gusta escuchar música?**
                                   SONIA: **Sí, <u>me gusta escuchar música.</u>**

                 b. los chocolates   ALICIA: **¿Te gustan los chocolates?**
                                   SONIA: **No, <u>no me gustan los chocolates.</u>**

1. bailar   ALICIA: _____

                         SONIA: Sí, _____

2. el tenis   ALICIA: _____

                         SONIA: No, _____

3. las fiestas   ALICIA: _____

                         SONIA: Sí, _____

4. dormir tarde   ALICIA: _____

                         SONIA: Sí, _____

5. los conciertos   ALICIA: _____

                         SONIA: No, _____

6. mirar televisión ALICIA: _____

                         SONIA: No, _____

The Present Indicative Tense

CE 1-2 ¿Qué hacen en sus ratos libres? *For each of the following sentences, give the subject pronoun that corresponds to the subject.*

1. Alicia y Eduardo leen el periódico. _____

2. José Luis corre o anda en bicicleta. _____

3. Tú y Roberto miran televisión. _____

4. Teresa, Pedro y yo jugamos a las cartas. _____

5. Juana escucha música y descansa. _____

6. Ana y Susana van de compras. _____

7. Tú y tus amigos habláis por teléfono. _____

CE 1-3 El (La) estudiante típico(a). *Create sentences about the typical student at your school.*

⚙ **MODELO** _____ (trabajar) de voluntario(a) en sus ratos libres.
   Trabaja (No trabaja) de voluntario(a) en sus ratos libres.

1. _____ (saber) bailar.

2. _____ (asistir) a conciertos de música «rock».

3. _____ (hacer) mucho ejercicio.

4. _____ (tener) mucho tiempo libre.

5. _____ (vivir) en una residencia estudiantil.

6. _____ (manejar) a la universidad.

7. _____ (ir) a fiestas los fines de semana.

8. _____ (ser) muy tolerante con personas de otras culturas.

9. _____ (participar) en actividades políticas.

10. _____ (dormir) ocho horas por día.

CE 1-4 ¿Es usted un(a) estudiante típico(a)? *Create sentences about yourself, using the items from Actividad CE 1-3.*

⚙ **MODELO**   **Trabajo de voluntario(a) para Greenpeace.**

1. _____

2. _____

3. _____

4. _____

5. _____

6. _____

7. _____

8. _____

9. _____

10. _____

Are you typical of students in your school? Why or why not?

_____

_____

_____

_____

CE 1-5 Actividades paralelas. *Create sentences, using the cues provided, to tell what the following people are doing.*

✸ **MODELO**   Pedro / estudiar / mientras / María / dormir
                  Pedro estudia mientras María duerme.

1. Los muchachos / ir a clase / mientras / Susana / practicar el piano

_____

2. Juan / tocar la guitarra / mientras / sus hermanos / jugar al Wii

_____

3. Tú / leer una carta / mientras / ella / escuchar música

_____

4. Papá y mamá / dormir la siesta / mientras / yo / ver televisión

_____

5. Nosotros / dar un paseo / mientras / él / escribir mensajes de texto

_____

CE 1-6 El verbo apropiado. *Choose the correct infinitive, and write the appropriate present tense form to complete each sentence.*

1. Juanita _____ (tocar / jugar) el violín en la orquesta.

2. ¿Por qué no me _____ (ayudar / asistir) con este ejercicio?

3. Ellos _____ (tocar / jugar) al vólibol los fines de semana.

4. Yo no _____ (saber / conocer) si mi compañero de cuarto es colombiano o peruano.

5. En realidad, yo _____ (conocer / saber) la ciudad de Buenos Aires y me gusta mucho.

6. ¿Cuándo _____ (manejar / navegar) tú por la Red, generalmente?

7. Mónica y Luis _____ (ayudar / asistir) al teatro esta noche, ¿no?

8. Mario _____ (jugar / tocar) póquer con sus amigos.

9. ¿Que clase de auto _____ (manejar / navegar) tu papá?

CE 1-7 En el parque central. *Describe the activities you see in this park scene. (Note: **pintar**, to paint)*

1. Marta _____

2. Luis _____

3. Beatriz _____

4. Roberto y José _____

5. María y Eduardo _____

6. Mario y Alberto _____

CE 1-8 En casa de Inés.   *It's early Sunday afternoon, and you and some friends are at Inés's house, enjoying yourselves while waiting for the big game to start on the family room's big TV screen. Describe what's happening before the game starts.*

⚙ **MODELOS**   a. Anahí / querer / llamar a Eduardo.
Anahí quiere llamar a Eduardo.

b. Luis y Raquel / jugar / a las cartas
Luis y Raquel juegan a las cartas.

1. Alejandro / dormir / en el sofá

_____

2. yo / preferir / descansar

_____

3. Inés / pensar / en el partido

_____

4. el señor Méndez / leer / una revista

_____

5. los muchachos / contar / cosas de sus programas favoritos

_____

6. nosotros / hacer / pizza para todos

_____

7. ustedes / servir / café y té

_____

8. y ahora yo / poner / un disco compacto para escuchar mi música favorita

_____

The Reflexive (1)

CE 1-9 Conversación entre amigos. *Complete the conversation between Raúl and Manuel using the correct present tense or infinitive form of the reflexive verbs below.*

      aburrirse   divertirse   llamarse   reunirse

✿ **MODELO**   Raúl: ¿Qué hace Luis esta noche?

                    Manuel: Asiste a una «peña» folklórica. Allí él **se reúne** con sus amigos y ellos cantan y **se divierten** ¡toda la noche!

Raúl: ¿Cómo _____ la canción que canta Luis?

Manuel: _____ «Adiós muchachos». Es un tango argentino muy famoso. Luis es un

              fanático del tango. Cuando (él) _____ de estudiar, siempre canta tangos...
              Ahora practica para la «peña»...

Raúl: Y tú, ¿qué haces cuando _____?

Manuel: Llamo a mis amigos y _____ con ellos aquí o en la cafetería. Después
              vamos al cine y ¡lo pasamos muy bien!

Raúl: Yo también siempre _____ cuando voy al cine con mis amigos. Y ahora
              tengo una idea... ¿Por qué no vamos a ver *Avatar*...?

Manuel: ¡Buena idea! Es una película que puedo ver muchas veces sin _____.

              ¡Tú y yo vamos a _____ mucho!

Nouns and Articles

CE 1-10 ¿Masculino o femenino...? *To indicate the gender of the following nouns, supply the appropriate definite article and then give the plural, as in the model.*

✿ **MODELO**   <u>el</u> problema; <u>**los problemas**</u>

1. _____ ciudad; _____   **6.** _____ día; _____

2. _____ disco; _____   **7.** _____ canción; _____

3. _____ actriz; _____   **8.** _____ programa; _____

4. _____ papel; _____   **9.** _____ revista; _____

5. _____ examen; _____   **10.** _____ cine; _____

CE 1-11 ¿Cuál es el femenino de...? *Give the feminine form of each of the following nouns, and include the corresponding definite article.*

1. el bailarín; _____

2. el artista; _____

3. el compañero; _____

4. el joven; _____

5. el jugador; _____

6. el cantante; _____

CE 1-12 Fútbol *soccer*, fútbol rugby y fútbol americano. *Complete the paragraph with the appropriate definite and indefinite articles. Fill in every blank.*

_____ deporte que _____ latinoamericanos o europeos llaman fútbol no es

_____ mismo que aquí tiene ese nombre. Cuando _____ latinoamericano quiere hablar

del fútbol de Estados Unidos lo llama fútbol americano. Y cuando _____ norteamericano recuerda

a Maradona, _____ gran jugador argentino, inmediatamente piensa en *soccer*. El *rugby* no tiene

_____ popularidad de _____ otros dos deportes, pero cuenta también con muchos

aficionados *(fans)*. Hoy día _____ tres deportes mencionados son totalmente independientes entre

sí *(of each other)* y siguen reglas particulares *(their own rules)*. Pero si estudiamos _____ historia

de los tres, descubrimos que el *soccer*, el *rugby* y el fútbol americano tienen _____ mismo origen.

_____ fútbol *soccer* es _____ versión original de _____ otros dos. En esa

versión original, uno no puede tocar _____ pelota *(ball)* con _____ manos. En 1823, en

_____ partido que juegan los estudiantes de *Rugby College* (Inglaterra), _____ jugador

decide levantar _____ pelota con _____ manos y avanzar con ella. Nace así el *rugby*

football. Medio siglo más tarde, ciertas modificaciones en _____ reglas del *rugby* dan origen al

fútbol americano. _____ primer partido del nuevo deporte tiene lugar en 1874 en Cambridge, entre

_____ universidades de Harvard y McGill de Montreal (Canadá).

CE 1-13 ¿Quién es quién? *Answer each question using an indefinite article when necessary.*

⚙ **MODELOS**   a. ¿Quién es Antonio Banderas? (actor / español)
                          Es un actor español.

                  b. ¿Quiénes son Pedro Martínez y Sammy Sosa? (jugadores de béisbol / dominicano)
                          Son jugadores de béisbol dominicanos.

1. ¿Quién es Seve Ballesteros? (golfista / español)

_____

2. ¿Quiénes son Gloria Estefan y Jon Secada? (cantantes / cubanoamericano)

_____

3. ¿Quiénes son Rita Moreno y Rosie Pérez? (actrices / puertorriqueño)

_____

4. ¿Quién es Rubén Blades? (cantante y actor / panameño)

_____

5. ¿Quiénes son Pablo Picasso y Salvador Dalí? (pintores / español)

_____

6. ¿Quién es Carlos Santana? (guitarrista / mexicano)

_____

7. ¿Quiénes son Tino Villanueva y Gary Soto? (poetas / mexicano-americano)

_____

8. ¿Quién es Pedro Almodóvar? (director de cine / español)

_____

9. ¿Quién es Isabel Allende? (escritora / chileno)

_____

STUDENT ACTIVITIES MANUAL **Cuaderno de ejercicios**

Vocabulario

CE 1-14 Sinónimos. *Match the words on the left with their synonyms on the right. Fill in the blank with the letter of the synonym.*

1. _____ bailar
2. _____ canto
3. _____ actor
4. _____ querer
5. _____ meditar
6. _____ charlar
7. _____ contar

a. decir
b. danzar
c. hablar
d. canción
e. desear
f. artista
g. pensar

CE 1-15 La palabra apropiada. *Complete the following sentences by circling the most appropriate word.*

1. El profesor Silva no tiene auto porque no sabe (conducir / correr).
2. Hay algunos actores famosos que siempre (asisten / ayudan) a los pobres.
3. ¿(Juegas / Tocas) mucho al tenis?
4. No (conozco / sé) a la amiga de Marisa, ¿y tú?
5. Roberto (juega / toca) la guitarra ¡y también canta muy bien!
6. (Conocemos / Sabemos) que a usted le gustan los programas de juegos.
7. ¿Qué días (asistes / ayudas) tú a la clase de español?

Lectura y comprensión

CE 1-16 París, París… *Read the following segments from "París, París," a short story by the Paraguayan writer Lucía Scosceria. Then answer the questions by circling the letter of the most appropriate answer.*

Sergio me ve. Sus ojos celestes se iluminan dando a su armónico rostro de ocho años un encanto singular. Le hago un guiño y viene alborozado a mis brazos. Mi nieto es curioso, inteligente y lo amo más que a los demás. Trato de que no se note mucho. Los domingos conversamos por horas cuando vamos a pescar. […]

—Abuelito, yo quiero ir contigo a París.

—Deja de molestar a tu abuelo, Sergio.

—¡Pero yo también quiero conocer la torre Eiffel!

—No puedes ahora, mi amor, pero el año que viene iremos todos juntos, te lo prometo.

Le sonrío y se calla. Todos hablan al mismo tiempo. […]

Otilia recoge los platos ayudada por su marido. Llevo a Sergio a su dormitorio. Contamos juntos las estrellas que se ven desde la ventana abierta, pero antes de acabar la cuenta, se duerme. […]

El reloj rompe el silencio de la noche con una melodía que me recuerda juegos de mi niñez. «En el puente de Avignon, todos cantan, todos cantan…» y lentas, pausadas, las doce campanadas.

Permission granted by Mónica Cañellas Scosceria.

Vocabulario celestes *blue*; rostro *face*; encanto *charm*; le hago un guiño *I give him a wink*; alborozado = feliz; deja de molestar *stop bothering*; reloj *clock*; campanadas *(bell) strokes*

1. ¿Quién describe la escena?

   a. Sergio
   b. Otilia
   c. el abuelo de Sergio

2. ¿Cuántos años tiene Sergio?

   a. diez años
   b. ocho años
   c. dieciocho años

3. ¿Qué día de la semana charlan mucho Sergio y su abuelo?

   a. los sábados
   b. los domingos
   c. los lunes

4. ¿Qué les gusta hacer los domingos?

   a. charlar y pescar
   b. comer y bailar
   c. escuchar música

5. ¿Adónde quiere ir Sergio con su abuelo?

   a. a Francia
   b. a España
   c. a Avignon

6. En particular, ¿qué quiere conocer Sergio?

   a. el puente de Avignon
   b. todo París
   c. la torre Eiffel

7. ¿Quién es Otilia, probablemente…?

   a. la abuela de Sergio
   b. la mamá de Sergio
   c. la hermana de Sergio

8. ¿Quién ayuda a Otilia a recoger los platos?

   a. su esposo
   b. su padre
   c. su hijo

9. ¿Qué va a hacer Sergio en su dormitorio?

   a. va a patinar
   b. va a dormir
   c. va a mirar televisión

10. ¿A qué hora escucha el abuelo la melodía que le recuerda juegos de su niñez?

    a. a la madrugada
    b. a mediodía
    c. a medianoche

Repaso

CE 1-17 Conversación. *Complete the following conversation.*

ANA: Vamos a la fiesta de Juan, ¿de acuerdo?

PABLO: _____

ANA: ¿Estudiar? ¿Para qué? No hay exámenes mañana.

PABLO: Pues, está bien. Pero ¿qué vamos a hacer allí?

ANA: _____

            _____. Y quiero presentarte a Silvia,
            una amiga.

STUDENT ACTIVITIES MANUAL **Cuaderno de ejercicios**

(Más tarde, en la fiesta.)

ANA: Silvia, _____

          Y Pablo, _____

SILVIA: _____

PABLO: _____

SILVIA: ¿Quieres _____, Pablo?

PABLO: No, gracias. No tengo sed. ¿Y tú?

SILVIA: Estoy bien.

PABLO: ¿Te gusta bailar, Silvia?

SILVIA: Sí, me gusta mucho. Y esta música _____.

PABLO: Es de Celia Cruz. A mí también me gusta mucho. _____, ¿de acuerdo?

SILVIA: _____

¡A escribir!

CE 1-18 Temas alternativos.   *Choose one of the following topics and write about it.*

A. Una carta.   *Write a letter to a friend in Spain. Tell him or her what activities you and your friends do for fun on weekends. Remember to include some sort of greeting to open the letter (e.g., How are you? How are things going?).*

Querido(a)   *means "Dear," and* **Con cariño** *means "Affectionately."*

Querido(a) _____ *(nombre de la persona):*

_____

_____

_____

_____

_____

_____

_____

_____

Con cariño,

_____

(su nombre)

B. Una barbacoa en Paraguay. *Describe the winter barbecue party celebrating Alejandro's birthday you see in the photos. Write a paragraph of about 8–10 sentences (approximately 60–80 words), using at least 6 (six) of the following verbs:* **cantar, tocar, tomar, comer, leer, divertirse, mirar, escuchar, celebrar, reunirse.**

Teresa Méndez-Faith

Teresa Méndez-Faith

_____

_____

_____

_____

_____

_____

_____

_____

_____

_____

CAPÍTULO 2

Vejez y juventud

The Preterit Tense

CE 2-1 ¡Feliz cumpleaños, Marisa!   *Yesterday Marisa turned twenty-one. To find out how she spent her birthday, fill in the blanks with the preterit forms of the verbs in parentheses. Follow the model.*

⚙ **MODELO**　　Marisa _____ (cumplir) veintiún años ayer.
Marisa cumplió veintiún años ayer.

1. Ella _____ (tener) un día maravilloso y _____ (recibir) muchos regalos.

2. Sus amigos _____ (celebrar) su cumpleaños con una fiesta sorpresa.

3. Ellos también _____ (invitar) a su compañera de cuarto y _____ (traer) la comida y las bebidas.

4. La fiesta _____ (empezar) alrededor de las once de la noche y

_____ (terminar) ¡cerca de las cinco de la mañana!

5. Marisa y sus amigos _____ (comer), _____ (beber) ¡y

_____ (bailar) toda la noche!

CE 2-2 Las posadas.   *In Mexico, the* **posadas** *(literally, inns) is a celebration that lasts for nine consecutive nights, beginning on December 16. People take the roles of Joseph and Mary and go from house to house singing songs and asking for lodging. On the last night, Christmas Eve, there is a big celebration. Find out what took place last Christmas Eve in Sonia's neighborhood by changing her sentences to the past, using the preterit tense. Follow the model.*

⚙ **MODELO**　　Vamos en procesión a la casa de los padrinos (los que pagan la fiesta).
Fuimos en procesión a la casa de los padrinos.

1. Llevamos velas (o candelas).

_____

2. Un señor y una señora hacen el papel de José y de María, respectivamente.

_____

_____

13

3. Llegamos a la casa de los padrinos; «José» y «María» tocan a la puerta.

_____

4. Piden alojamiento (*lodging*) en la «posada».

_____

5. El padrino acepta y entramos todos.

_____

6. Sirven una gran cena; ponen tamales y un pavo (*turkey*) muy grande en la mesa.

_____

_____

7. Yo como, bebo y me divierto mucho.

_____

8. El tío Carlos trae una piñata para los niños.

_____

9. Mucha gente va a misa (*mass*) y canta canciones religiosas.

_____

The Imperfect Tense

CE 2-3 Una boda inolvidable...   *It was Valeria's wedding day and the groom was missing. Complete the paragraph with the appropriate imperfect tense forms of the verbs in parentheses to find out what happened and why he was not there.*

_____ (1. Ser) casi las once de la mañana y la iglesia _____ (2. estar) llena de gente.

_____ (3. Haber) flores por todas partes y _____ (4. hacer) un tiempo espléndido. Valeria

y sus padres, sin embargo, _____ (5. estar) muy nerviosos y preocupados. La boda

(6. deber) empezar en cinco minutos y el novio no _____ (7. llegar). ¿Qué _____

(8. pasar)? ¿Por qué no _____ (9. venir) Ricardo? ¡Por fin, después de muchos minutos de tensión,

apareció el novio! Ricardo pidió perdón y explicó: «Es que unos amigos y yo _____ (10. mirar) un

partido de fútbol muy emocionante en la televisión».

Preterit versus Imperfect

CE 2-4 Combine las frases. *Combine the sentences using the imperfect and preterit. Follow the model.*

⚙ MODELO Miramos televisión. Susana llega.
Mirábamos televisión cuando Susana llegó.

1. Son las diez. Tú llamas por teléfono.

_____

2. Estás con Marta. Viene tu primo.

_____

3. Van a la universidad. Tienen el accidente.

_____

4. Duermen. Sus hijos llevan el auto al mecánico.

_____

5. Pensamos en Juan. Recibimos una carta de él.

_____

6. Vivo en Venezuela. Mueren mis bisabuelos.

_____

CE 2-5 Soltera y sin compromisos. *To know the narrator's story, complete the following paragraph by circling the preterit or imperfect form of each verb, as appropriate.*

Yo (1. tuve / tenía) dieciocho años cuando (2. conocí / conocía) a Miguel. Él (3. fue / era) judío y sus padres (4. fueron / eran) muy religiosos. Mi familia y yo (5. fuimos / éramos) católicos pero no (6. fuimos / íbamos) mucho a la iglesia. A pesar de nuestras diferencias, Miguel y yo nos (7. llevamos / llevábamos) muy bien. Los fines de semana generalmente (8. fuimos / íbamos) al parque: (9. caminamos / caminábamos), (10. charlamos / charlábamos) y, a veces, (11. corrimos / corríamos) unas millas juntos. Un sábado, sin embargo, nosotros (12. decidimos / decidíamos) ir al cine. (13. Fuimos / Íbamos) a ver una película sobre la vida del Mahatma Gandhi. A los dos nos (14. gustó / gustaba) mucho la película pero esa experiencia (15. tuvo / tenía) consecuencias importantes para los dos. Realmente no sé qué pasó en el cine pero esa (16. fue / era) la última vez que (17. vi / veía) a mi novio. Dos días después, Miguel me (18. llamó / llamaba) desde el aeropuerto para despedirse. Según él, (19. quiso / quería) trabajar de voluntario en Calcutta durante un tiempo antes de empezar sus estudios universitarios. Ayer (yo) (20. recibí / recibía) una carta de él. Todavía está en Calcutta y está muy contento con su trabajo. No menciona cuándo piensa regresar. Por mi parte, yo (21. empecé / empezaba) la universidad en septiembre, pero todavía estoy aquí, soltera y sin compromisos.

CE 2-6 Breves conversaciones. *Complete the conversations with the appropriate preterit or imperfect form of* saber *or* conocer.

1. —Anoche (yo) _____ a un estudiante chileno muy interesante.

   —¿Ah, sí? ¡Qué bien! ¿Y dónde lo _____ (tú), Ana?

   —En la boda de mi primo Hugo. (Tú) _____ que mi primo se iba a casar, ¿no?

   —No, no lo _____. Pero dime, ¿cómo se llama el chileno...?

2. —¿Qué hay de nuevo, Silvia?

   —Pues, parece que Francisco y Marta se van a divorciar.

   —¿En serio? ¿Y cuándo _____ (tú) eso?

   —La semana pasada, aunque (yo) ya _____ que las cosas no marchaban bien entre ellos.

   —¡Qué lástima! Tú y Marta son muy buenas amigas, ¿no?

   —Sí, fuimos compañeras de cuarto en la universidad. (Yo) _____ a Marta en el año

   2000 y recuerdo que ella _____ a Francisco en la primavera de 2001. ¡Parecían tan felices juntos...!

Hacer + Time Expressions

CE 2-7 ¿Cuánto tiempo hace...? *Based on your own experience, answer in two ways, following the models.*

⚙ **MODELO**　　a. ¿Cuánto tiempo hace que estudia español?
　　　　　　　　　Hace un año (dos años...) que estudio español.
　　　　　　　　　Estudio español desde hace un año (dos años...).

1. ¿Cuánto tiempo hace que vive en esta ciudad (o: este campus)?

   _____

2. ¿Cuánto tiempo hace que conoce a su profesor(a) de español?

   _____

3. ¿Cuánto tiempo hace que no ve a sus abuelos (o: su mejor amigo[a])?

   _____

4. ¿Cuánto tiempo hace que escribe estos ejercicios (del Capítulo 2)?

   _____

✿ MODELO   b. ¿Cuánto tiempo hace que llamó a su mamá (papá...)?
Hace una hora (tres días...) que llamé a mi mamá (papá...).
Llamé a mi mamá (papá...) hace una hora (tres días...).

5. ¿Cuánto tiempo hace que terminó la escuela secundaria (o: primaria)?

_____

_____

6. ¿Cuánto tiempo hace que cumplió quince años?

_____

_____

7. ¿Cuánto tiempo hace que conoció a su mejor amigo(a) (o: novio[a]...)?

_____

_____

8. ¿Cuánto tiempo hace que supo la verdad sobre Santa Claus?

_____

_____

CE 2-8 Entrevista.   _You are about to interview a Spanish-speaking student at your school. Write at least five questions you would ask him or her, using_ **hace** _plus a time period. Ideas: How long the student has been in this country, how long ago he or she came to the university, if he or she has studied English for a long time, how long since he or she has talked to a family member._

_____

_____

_____

_____

_____

_____

_____

Vocabulario

CE 2-9 Una reunión familiar. *Mónica is introducing her friend Pablo to people in her family and describing her various relatives. Complete her sentences with the missing words for family members.*

Guillermo   Marta   Cristina   Alicia   Diego   Mónica   Pablo   Raquel

1. Pablo, te quiero presentar a mi prima Raquel; es la _____ de mis tíos Alicia y Diego.

2. Aquí están los padres de Raquel: Alicia, su _____, y Diego,

   su _____.

3. Raquel tuvo un bebé en agosto y entonces ahora Alicia y Diego ¡son _____!

4. La hija de Raquel se llama Patricia; Alicia y Diego están muy orgullosos *(proud)* de su nueva

   _____.

5. Estas son Cristina y Marta, mis dos hermanas. Marta se casó en septiembre y este es Guillermo, antes su

   novio y ahora su _____.

6. Nuestro _____ Antonio no pudo venir. Es el hijo de tía Rosa y de tío Carlos. Solo

   tuvieron un hijo, así que Antonio no tiene _____.

7. Mamá quiere mucho a su _____ Antonio; es hijo único de su hermana Rosa.

8. La abuela de mamá, mi _____, murió hace poco; ¡tenía 98 años! Pero como puedes
   ver, tengo muchos parientes muy simpáticos.

CE 2-10 Antónimos. *Match the words on the left with their antonyms on the right. Fill in the blank with the letter of the antonym.*

1. _____ vejez
2. _____ soltero
3. _____ recuerdo
4. _____ divorcio
5. _____ nacimiento
6. _____ pregunta
7. _____ anciano

a. muerte
b. juventud
c. boda
d. casado
e. olvido
f. respuesta
g. joven

CE 2-11 La palabra adecuada. *Choose the correct word to complete each of the following sentences.*

⚙ **MODELO** quiso / quería / podía
Eduardito **quería** un perrito, pero por su alergia no **podía** tener uno.

1. conocía / preguntaba / sabía

   ¿_____ usted que ella _____ Madrid?

2. pedimos / preguntamos / dimos

   Nosotros _____ si tenían vino pero solo _____ agua.

3. padres / parientes / preguntas

   Tengo muchos _____ pero solo dos _____.

4. embarazada / avergonzada / casada

   Hace solo once meses que Amalia está _____ y ya está _____ de ocho meses.

5. matrimonio / marido / padrastro

   Ella no tiene problemas en su _____ porque su _____ es muy bueno.

6. solo / soltero / único

   Roberto no tiene hermanos; es hijo _____ y vive _____, cerca de la casa de su madre viuda.

7. boda / casamiento / matrimonio

   El _____ Pérez llegó tarde a la _____.

8. sabes / conoces / preguntas / pides

   Si no _____ la ciudad, ¿por qué no _____ dónde podemos comprar un mapa?

Lectura y comprensión

CE 2-12 Un día inolvidable.   *Read the following account of Victoria González's 90th birthday party, as remembered and retold by one of her granddaughters (co-author of this textbook). Then answer the questions by circling the letter of the most appropriate answer.*

Teresa Méndez-Faith

Teresa Méndez-Faith

Mi abuela Victoria cumplió 90 años el 23 de diciembre de 1993. Como era un cumpleaños importante, decidí organizarle una fiesta sorpresa y celebrar su día en Asunción (Paraguay), su patria chica, donde ella nació, creció y vivió toda su vida. La idea era reunir a toda la familia en la casa donde vivía mi abuela con mi madre, uno de mis hermanos y una sobrina. El problema era que yo, la organizadora del evento, vivía muy lejos, en el área de Boston (Estados Unidos). Sin embargo, como dice un refrán *(saying)*, «cuando se quiere, se puede». Y yo realmente quería hacerle ese regalo especial —una fiesta inolvidable— a mi abuela por varias razones: era mi abuela favorita, era la única abuela que ya tenía —mis otros tres abuelos murieron relativamente jóvenes y mucho antes de 1993— y yo era su nieta mayor. El 19 de octubre, dos meses antes de mi viaje a Asunción, empecé a ponerme en contacto con mis hermanos, primos, tíos, sobrinos y otros parientes que vivían allí, en Asunción, por la simple razón de que ellos eran quienes más podían ayudarme y me ayudaron. Otro pequeño problema era que uno de mis hermanos vivía en Buenos Aires (Argentina) y otro en Ciudad de México. Por suerte, el cumpleaños de mi abuela era justo ¡un día antes de Nochebuena y dos días antes de Navidad! Gracias a eso fue fácil para mis hermanos, y también para mí —que soy profesora de español en una universidad de Nueva Inglaterra— viajar a Asunción y celebrar con toda la familia los 90 años de mi abuela Victoria. La fiesta sorpresa fue un éxito *(success)* total. La casa estaba llena de gente porque tenemos una familia muy grande: asistieron más de cien personas, todos parientes y algunos amigos muy íntimos. Mi abuela estaba feliz y en esa ocasión le prometí que al cumplir los 100 años, le iba a organizar otra fiesta aún más grande. Yo volví a Boston el 30 de diciembre para celebrar con mi familia —mi esposo y mi hijo— el Año Nuevo. Desgraciadamente, no pude cumplir la promesa que le hice a la abuela en su cumpleaños número 90 porque ella murió unos años antes de cumplir los 100 años. Tengo sí muchos lindos recuerdos y fotos de aquel 23 de diciembre de 1993.

Teresa Méndez-Faith

1. ¿Dónde nació, creció y vivió Victoria González?

   a. en Buenos Aires   b. en Asunción   c. en Ciudad de México

2. ¿Quién organizó la fiesta sorpresa para el cumpleaños número 90 de Victoria Gonzáles?

   a. una de sus nietas   b. uno de sus hijos   c. uno de sus sobrinos

3. ¿Cuál de las tres co-autoras de *En contacto* es la nieta de Victoria González?

   a. Mary McVey Gill   b. Brenda Wegmann   c. Teresa Méndez-Faith

4. ¿Con quién vivía la abuela Victoria?

   a. con una hermana   b. sola   c. con una hija y dos parientes más

5. ¿Desde dónde tuvo que organizar la fiesta de cumpleaños la narradora?

   a. desde Buenos Aires   b. desde Asunción   c. desde el área de Boston

6. ¿Por qué quería la narradora hacerle ese regalo tan especial a su abuela?

   a. porque era la nieta menor   b. porque era la única nieta   c. porque era la nieta mayor

7. ¿Cuándo empezó la narradora a ponerse en contacto con sus parientes de Asunción?

   a. el 23 de diciembre   b. el 19 de octubre   c. el 30 de diciembre

8. ¿Cuántas personas asistieron a la fiesta de cumpleaños de la abuela Victoria?

   a. menos de cien   b. cien   c. más de cien

9. ¿Qué le prometió la narradora a su abuela para su cumpleaños número 100?

   a. otra fiesta similar   b. un viaje grande   c. otra fiesta más grande

10. ¿Cuándo murió la abuela de la narradora?

   a. cuando cumplió 100 años   b. antes de cumplir 100 años   c. después de cumplir 100 años

Repaso

CE 2-13 Un abuelo, un nieto y un burro. *Complete the following story about the difficulty of pleasing everyone, with the correct preterit or imperfect tense forms of the verbs in parentheses.*

Hace mucho tiempo _____ (1. vivir) en España un anciano muy bueno.

Él _____ (2. tener) un nieto que _____ (3. llamarse)

Pepito. Un día Pepito y su abuelo _____ (4. ir) al mercado a vender algunos

vegetales. Ellos _____ (5. poner) la bolsa *(bag)* de vegetales sobre un burro

y los dos _____ (6. empezar) a caminar hacia *(toward)* el mercado. (Ellos)

_____ (7. pasar) por un pueblo cuando _____ (8. oír) que unos

hombres _____ (9. reírse) de verlos caminar en vez de usar el burro como medio *(means)*

de transporte. El viejo _____ (10. pensar) unos minutos y le _____

(11. decir) al nieto que _____ (12. poder) montar *(ride)* el burro si él lo

_____ (13. querer). Pepito _____ (14. subirse *[to get on]*)

al burro pero antes de llegar al mercado ellos _____ (15. ver) que un matrimonio

los _____ (16. mirar) insistentemente. Esta vez el niño _____

(17. bajarse) del burro y el abuelo lo _____ (18. montar). Muy pronto ellos

_____ (19. escuchar) más comentarios. Una señora _____

(20. hablar) con su hija y le _____ (21. decir) que a ella le _____

(22. parecer) muy cruel ver a un niño andar tantos kilómetros todos los días mientras su abuelo

_____ (23. ir) en el burro. Después de escuchar tantas críticas el abuelo le

_____ (24. dar) un consejo *(piece of advice)* al nieto. Él le _____

(25. decir) que _____ (26. ser) muy difícil satisfacer a todo el mundo al mismo tiempo.

Lo mejor que uno _____ (27. poder) hacer _____

(28. ser) tratar de actuar siempre correctamente. También le _____ (29. recomendar)

que si él _____ (30. querer) gozar de buena salud mental no _____

(31. deber) tratar de dar gusto a todo el mundo porque eso _____ (32. ser) imposible.

CE 2-14 Cuando yo era niña... *Complete the following paragraph with the preterit or imperfect of the verbs in parentheses, as appropriate. Then, use your imagination to finish the story. Add four or five more sentences to give your personal account of what happened.*

Cuando yo _____ (1. tener) nueve años, todos los fines de semana mi hermano

Tony y yo _____ (2. visitar) a nuestros abuelos. Allí, ellos siempre nos

_____ (3. esperar) en la puerta y nos _____ (4. recibir) con los

brazos abiertos. Abuela _____ (5. preparar) unos postres deliciosos y todos los sábados

(ella) _____ (6. hacer) arroz con leche porque _____ (7. saber)

que ese _____ (8. ser) nuestro postre favorito. Un día yo _____

(9. tener) que ir sola porque Tony _____ (10. estar) enfermo. Cuando (yo)

_____ (11. llegar) a la casa de mis abuelos, (yo) _____ (12. ver)

que la puerta _____ (13. estar) cerrada. Durante unos minutos no supe qué hacer ni cómo reaccionar. De repente *(Suddenly)*, (yo) _____ (14. escuchar) un ruido muy

extraño y...

_____

_____

_____

_____

_____

_____

_____

_____

_____

_____

¡A escribir!

CE 2-15 Temas alternativos.   *Choose one of the following topics and write about it.*

A. Mi niñez.   *Write a paragraph about your childhood. You can talk about things you did regularly as a child, about your family relationships, or whatever you like, but be sure to use past-tense verb forms.*

B. La boda de...   *Describe the first wedding (or any other) you remember attending. You can talk about how old you were, whose wedding it was, where and when it took place, and two or three things you remember most about that day. Don't forget to use past-tense verb forms. If possible, include a photo of the wedding (or a copy of it) when you hand in this composition.*

_____

_____

_____

_____

_____

_____

_____

CAPÍTULO 3

Presencia latina

Agreement of Adjectives

CE 3-1 ¡Una semana maravillosa! *Ana María has just come back from a week's vacation in Miami. To find out what she did, read the following sentences from her journal, filling in the correct forms of the adjectives in parentheses.*

✿ **MODELO** Visité barrios **modernos** (moderno).

1. Conocí lugares muy _____ (lindo).

2. Tuve aventuras _____ (interesante).

3. Hice viajes _____ (corto).

4. Comí en restaurantes _____ (típico).

5. Caminé por calles _____ (antiguo).

6. Fui a fiestas _____ (magnífico).

7. Escuché modismos _____ (cubano).

8. Y conocí a unos jóvenes muy _____ (simpático).

Position of Adjectives

CE 3-2 Un viaje imaginario. *Imagine that you have just returned from Puerto Rico, and your Spanish instructor wants to know about your trip. Answer the questions using the correct forms of the adjectives in parentheses, in the order given.*

✿ **MODELO** ¿Llevó maletas? (uno, pequeño)
Sí, llevé una maleta pequeña.

1. ¿Compró regalos? (varios, típico)

Sí, _____.

2. ¿Salió con amigos? (tres, puertorriqueño)

Sí, _____.

3. ¿Visitó museos? (dos, impresionante)

Sí, _____.

4. ¿Estuvo en una iglesia (*church*)? (antiguo, maravilloso)

Sí, _____.

5. ¿Vio parques en San Juan? (mucho, pintoresco)

Sí, _____.

CE 3-3 Una carta a mamá. *Catita is writing to her mother from Mexico; complete her letter with the correct forms of the adjectives in parentheses, putting them in the proper place. If no answer is required, insert an "X" on the line.*

✿**MODELO**   Anoche cené en **un** restaurante **moderno y elegante** (moderno, uno, elegante).

Querida mamá:

Después de manejar durante _____ horas _____ (ocho) llegué ayer a la

_____ ciudad _____ (mexicano, primero) donde pienso pasar _____

días _____ (varios) antes de continuar hacia el sur.

La mayoría de los hoteles estaban llenos *(full)*. Por eso dormí en el _____ hotel _____

(único) que tenía _____ cuartos _____ (libre *[free]*).

    Hoy caminé por las _____ calles más _____ (dos, importante) y

compré _____ poncho muy _____ (uno, lindo). También fui al _____

correo *(post office)* _____ (central) y le mandé a Pepito _____ maleta _____

(grande, uno) con _____ juguetes *(toys)* _____ (típico, mucho).

    Y ahora te dejo hasta tener más noticias que contarte.

               Un beso grande de tu hija,

                  Catita

Ser versus *Estar*

CE 3-4 Preguntas y respuestas. *Answer the following questions in the present tense, using* **ser** *or* **estar**.

✿ **MODELO**   ¿Las maletas?... ¿en el avión?
Sí, las maletas están en el avión.

1. ¿Buenos Aires?... ¿la capital de Paraguay?

No, _____.

2. ¿Los viajeros?... ¿en el aeropuerto?

Sí, _____.

3. ¿La cita con el profesor?... ¿a las nueve?

No, _____.

4. ¿Óscar y Eduardo?... ¿en una fiesta cubana?

Sí, _____.

5. ¿El pasaporte de Ana?... ¿sobre el piano?

No, _____.

6. ¿La mesa nueva?... ¿de madera?

Sí, _____.

CE 3-5 Nombres y datos del mundo hispano. *Using the present-tense forms of* **ser** *or* **estar**, *create ten true statements by linking a subject from column A with an appropriate ending from column B. (Some subjects could take more than one ending.)*

MODELOS   Buenos Aires <u>está</u> en Argentina.
Antonio Banderas y Javier Bardem <u>son</u> actores de origen español.

A	B
Marc Anthony y Ricky Martin	en el Caribe
México	en Miami, Florida
Sandra Cisneros y Oscar Hijuelos	la capital de Argentina
Isabel Allende	ciudadanos estadounidenses
Antonio Banderas y Javier Bardem	escritores hispanos
casi 50 millones de hispanos	de Chile
Buenos Aires	actores de origen español
Puerto Rico	en muchas películas famosas
los puertorriqueños	en Argentina
las oficinas de Telemundo y Univisión	el único país con más gente latina que EE.UU.
	en América del Sur
	cantantes de origen puertorriqueño
	ciudadanos o residentes legales de EE.UU.

1. _____

2. _____

3. _____

4. _____

5. _____

6. _____

7. _____

8. _____

9. _____

10. _____

Ser and *Estar* with Adjectives

CE 3-6 Más con *ser* y *estar*... *Complete the paragraph with a present-tense form of* **ser** *or* **estar** *as appropriate.*

El profesor Torres y su familia _____ de Chile pero _____ en Estados Unidos desde 1994.

Todos ellos _____ muy agradables. Los señores Torres tienen cuatro hijos. Diana _____

la hija mayor *(oldest)*. Ella _____ muy simpática. Ahora _____ en la universidad.

_____ estudiante de medicina. También su hermano José _____ en la universidad.

Él _____ alto y atlético como su padre. María y Pepito _____ los «bebés» de la familia.

Ellos _____ mellizos *(twins)* y tienen doce años. Los dos _____ en la misma clase y

_____ muy buenos amigos. Diana y yo _____ compañeras de cuarto y personalmente

yo _____ muy contenta de vivir con ella. ¡Ella _____ hispana y yo _____

estudiante de español! ¡El español _____ ahora mi lengua extranjera favorita!

Demonstrative Adjectives and Pronouns

CE 3-7 Miniconversaciones. *Complete the conversations with an appropriate demonstrative adjective or pronoun.*

✸ **MODELO:** ¿Quieres vivir en esta ciudad, aquí cerca de tus padres, o prefieres buscar un apartamento en **aquella** otra, donde vas a estar lejos de tu familia?

1. —Felipe, ¿me puedes pasar _____ revista que tienes allí cerca? Quiero verla.

   —¿_____? Cómo no. Aquí la tienes.

2. —¿Dónde hay un buen restaurante?

   —Bueno, _____ de allí enfrente de nosotros no es muy bueno. Le aconsejo que vaya

   allá lejos; en _____ restaurante la comida es excelente.

3. —¿Hay un banco en _____ pueblo?

   —Claro que sí. Hay uno en la calle principal.

   —¿Y dónde está la calle principal?

   —Es _____ que se ve allá lejos, al otro lado del parque; se llama Independencia.

4. —¿Por qué quiere trabajar aquí en _____ fábrica?

   —Porque hay muchas oportunidades para salir adelante. También porque soy parte de

   _____ comunidad y vivo en _____ barrio, aquí cerca.

   —¿Cuál de _____ formularios es el suyo?

   —_____, el que usted tiene en la mano derecha.

Possessives: Adjectives (Short and Long Forms); Pronouns

CE 3-8 Extraño todo... *Luis talks about how he arrived in the United States, as well as who and what he misses the most in Mexico. Complete his story with possessive adjectives (short or long forms) or pronouns, as appropriate.*

Soy de Oaxaca, del sur de México, y llegué a este país hace dos años, con un contrato de trabajo en una compañía

de petróleo. (1) _____ esposa y (2) _____ hijos todavía están allá, con

(3) _____ hermano y (4) _____ familia [de él]. El papá de (5) _____ esposa

[de mi hermano] es un activista indígena y (6) _____ vida [de él] siempre está en peligro (*danger*).

En realidad, allá en México, (7) _____ vidas [de mí y de mi familia] siempre están en peligro porque

somos de origen indígena, formamos parte de un grupo que lucha (*fights*) por los derechos de los indígenas, y frecuentemente tenemos problemas con el gobierno. Por eso decidí aceptar el contrato que me ofrecieron y venir

aquí a Estados Unidos para trabajar y después poder traer a (8) _____ familia y también

a la (9) _____ [familia de mi hermano]. El problema es que lleva tiempo y dinero preparar los

documentos y encontrar casa para traer a los (10) _____ [mi esposa y mis hijos] primero y más

tarde también a los (11) _____ [hijos y esposa de mi hermano]. El mes pasado un amigo de

(12) _____ hermano que también vino a este país con un contrato similar al (13) _____ [de

mí], me contó que estaba muy feliz porque finalmente pudo traer a toda (14) _____ familia [de él] y eso

me inspiró a no esperar más y a hacer lo imposible por traer yo también a todos lo antes posible. La verdad es que

sin ellos me siento muy solo y extraño todo y a todos: (15) _____ país, (16) _____ clima [de

mi país] y (17) _____ noches de verano [de mi país], pero en particular extraño a (18) _____

esposa y a (19) _____ hijos [de nosotros dos]. Aunque nos comunicamos cada dos o tres días por

teléfono o por correo electrónico, los necesito más cerca. ¡Estoy impaciente y ansioso por tenerlos aquí conmigo!

CE 3-9 ¿Y tú?   *Create short exchanges using the long forms of the possessive adjectives.*

❂ **MODELO**   ¡Hola! Soy Miguel.
Mi lengua materna es el español. **¿Y la tuya?**
La mía es el inglés.

1. Mi país natal *(native)* es El Salvador. ¿_____?

_____

2. Mis hermanos están en San Salvador ahora. ¿_____?

_____

3. Nuestra familia es muy unida. ¿_____?

_____

4. Mis abuelos ya no viven. ¿_____?

_____

5. Mis clases son muy interesantes. ¿_____?

_____

6. Pero mi trabajo es aburrido. ¿_____?

_____

Vocabulario

CE 3-10 ¡Un viaje increíble! *Complete the story by filling in the blanks with the appropriate words from the following list.*

antepasados	emigración	natal	primer
antiguo	empleo	nuestro	única
ciudadano	estadounidense	persecución	

Hace muchos años llegó a Washington, D.C., un viajero muy interesante. Un (1) _____ argentino

llamado Alberto Baretta realizaba con ese viaje una aventura (2) _____ en la historia de América.

Alberto no vino con la idea de volver a su país (3) _____ después de dos o tres semanas de

vacaciones. Tampoco vino por falta de (4) _____ o por (5) _____ política. Su viaje duró

cinco años porque decidió usar un medio de transporte muy (6) _____. ¡Este gaucho *(cowboy)*

argentino viajó a caballo! Empezó su viaje en Uruguay y después de pasar por catorce países de

(7) _____ continente, llegó finalmente a Washington, D.C., donde fue recibido por el presidente

(8) _____. Después, salió para España, donde quería dejar su caballo Queguay, cuyos

(9) _____ eran los caballos de Europa que hicieron posible la conquista. Queguay fue probablemente

el (10) _____ caballo que de manera tan simbólica volvía a la madre patria después de casi cinco

siglos de (11) _____ histórica.

CE 3-11 La palabra apropiada. *Complete the following sentences by circling the most appropriate word in each case.*

1. En Nueva York, la (mayoría / minoría) de la población hispana es puertorriqueña.

2. *Harry Potter and the Half-Blood Prince* es una película linda y divertida, pero es muy (grande / larga).

3. El examen de español fue fácil y (bajo / corto).

4. ¿Crees que los hispanos sufren (discriminación / adaptación) en Estados Unidos?

5. Anoche miré un programa de televisión muy (grande / largo) pero también ¡muy interesante!

6. Yo soy un poco (bajo / corto) pero... ¡inteligente, guapo y muy simpático!

Lectura y comprensión

CE 3-12 Habla Sandra Cisneros. *Read the following excerpts from an interview with Chicano writer Sandra Cisneros, author of* La casa en Mango Street, *and then answer the questions below by circling the correct or most probable answer.*

EL MUNDO LIBRO:	¿Por qué y para quién escribe Sandra Cisneros?
SANDRA CISNEROS:	Al principio empecé a escribir a escondidas. Soy la única hija de una familia de varones e iba a una escuela de monjas con mucho carácter; eran muy «enojonas» y, quizás, no viesen bien que me dedicase a escribir. Por eso, al principio tenía miedo de compartir mi poesía, que era parte de mi alma. Mi primera novela surgió en un momento de crisis. Empecé a trabajar como profesora en un instituto muy pobre. Muchos de mis alumnos habían dejado de estudiar porque tenían muchos problemas. Entonces comencé a preguntarme el sentido de la literatura. [...]. Me sentí inútil ya que mis conocimientos en nada podían ayudar a jóvenes con tantos problemas. Pese a todo, empecé a escribir porque no sabía qué hacer. Estoy muy contenta porque lo que escribí entonces se usa ahora en institutos como aquél y ha motivado a muchos chicos a seguir estudiando.
EML:	¿Quién le pone más dificultades al ascenso profesional y social de una mexicana en EE.UU, su propia familia, o la sociedad norteamericana?
SANDRA CISNEROS:	Bueno, un poco de ambas. Para mí fue muy complicado empezar mi carrera profesional. Tuve que romper con muchas de las esperanzas de mis padres, que no podían comprender que saliese de mi casa sin un marido que me diese hijos, ni que hiciese algo por lo que no me pagaban. Para mí la literatura fue una obsesión desde pequeña y luché para conseguirlo. También tuve que superar muchos prejuicios raciales y batallar mucho para que mi literatura fuese reconocida. Al principio sólo podía publicar en pequeñas editoriales feministas chicanas [...]. Incluso mi primera novela fue publicada en una editorial pequeña [...].

Sandra Cisneros, Interview by Cristina Lucio, May 26, 2003. Permission to reuse by Maria.Nieto@elmundo.es

Vocabulario: a escondidas *secretamente*   **monjas** *nuns*   **compartir** *to share*
               Pese a *In spite of*   **luché** *I fought*   **conseguirlo** *to get it*
               superar *to overcome*   **editorial** *publishing house*

1. Sandra Cisneros...

    a. tiene una hermana.   b. es hija única.   c. es la única hija mujer.

2. Cuando niña, ella asistía a una escuela...

    a. católica.   b. pública.   c. sólo para niñas.

3. Al principio ella escribía a escondidas porque tenía miedo de la reacción de...

    a. sus padres.   b. las monjas.   c. su profesora de inglés.

4. Su primera novela nació en un momento...

    a. feliz de su vida.   b. de inspiración.   c. de crisis.

5. Empezó a trabajar como profesora en un...

    a. instituto pobre.   b. instituto privado.   c. colegio de monjas.

6. Sus estudiantes tenían...

    a. muchos hermanos.   b. mucho dinero.   c. muchos problemas.

7. Según Cisneros, dos factores que dificultan el ascenso profesional y social de una mexicana en EE.UU son…

    a. la familia y los amigos   b. la familia y la sociedad   c. el esposo y los hijos

8. Para ella fue difícil empezar su carrera profesional porque tuvo que romper con las esperanzas de…

    a. sus parientes.   b. sus padres.   c. sus hermanos.

9. También tuvo que luchar contra muchos prejuicios…

    a. sociales.   b. raciales.   c. sexuales.

10. Su primera novela fue publicada en una editorial…

    a. mexicana.   b. grande.   c. pequeña.

Repaso

CE 3-13 Tres grandes del cine hispano. *In the following paragraphs, circle the correct words to complete the information on Salma Hayek, Rita Moreno, and Rubén Blades, three well-known Hispanic entertainers.*

1. Salma Hayek (es / está) una actriz mexicana muy (corta / famosa). Nació en Coatzacoalcos, puerto y ciudad (larga / grande) situada al sur del estado de Veracruz. Su nombre completo (es / está) Salma Valgarma Hayek-Jiménez y (es / está) de padre libanés y de madre mexicana. Después de estudiar por un período (breve / bajo) en la universidad, abandonó sus estudios porque quería (ser / estar) actriz. Empezó como estrella de telenovelas en México y después se mudó (*moved*) a Los Ángeles para trabajar en Hollywood. En 1995 actuó en *Desperado*, junto a Antonio Banderas, y el (éxito / puesto) de esa película le abrió las puertas para otras oportunidades en el mundo del cine. En 2002 hizo el papel (*rol*) de la pintora mexicana Frida Khalo en la película *Frida*, que obtuvo seis nominaciones para el Óscar. Una de esas nominaciones (fue / estuvo) la de Mejor Actriz para Salma Hayek, que la convirtió en la primera latinoamericana en ser nominada en esa categoría.

2. Rita Moreno (es / está) de Puerto Rico y ha tenido mucho (desempleo / éxito) como actriz. En 1961 hizo el papel (*rol*) de Anita en la película *West Side Story* y ganó por eso el Premio Óscar por «Best Supporting Actress» en 1962. Ella (fue / estuvo) la primera actriz —y también la primera artista de (clima / origen) hispano— en ganar un Óscar (1962), un Grammy (1972), un Tony (1975) y un Emmy (1977). Solo tenía cinco años cuando vino con su madre a Nueva York y (era / estaba) muy joven cuando empezó su carrera (artística / simpática) en Broadway y en Hollywood. Tiene muchos premios y entre ellos dos distinciones presidenciales: la «Presidential Medal of Freedom» que recibió del Presidente George W. Bush en 2004 y la «National Medal of Arts» que le dio el Presidente Barack Obama en 2009.

3. Rubén Blades (es / está) un conocido músico y actor panameño. También (es / está) abogado y político. Según él, la música siempre ha sido parte de su vida. Su madre, (minoría / ciudadana) cubana, (era / estaba) pianista y cantante. Su padre, panameño, tenía un (grupo / puesto) en la policía de su ciudad pero tambien (era / estaba) músico. En los años sesenta Rubén tuvo la (oportunidad / coincidencia) de venir a Estados Unidos y decidió venir. (Fue / Estuvo) una decisión (horrible / estupenda) porque hoy día (es / está) uno de los artistas (hispanas / hispanos) más populares de este país.

¡A escribir!

CE 3-14 Temas alternativos. *Choose one of the following topics and write a paragraph about it.*

A. Nombres hispanos. *List some places in your area (or from the map here) whose names are of Spanish origin and give some possible reasons for the names they have. Most Hispanic place names are religious (**San Francisco, Trinidad**) or descriptive (**Río Hondo, Arroyo Seco**). You may have to look up some of the words in a dictionary. Write a report of about 8–10 sentences (60–80 words) on the place name you have chosen.*

Sacramento
Alcatraz
Manteca
Soledad
Las Vegas
Los Angeles
Casa Grande
Sangre de Cristo Mountains
Trinidad
Santa Fe
Amarillo
Socorro
El Paso
Rio Grande
Agua Dulce
Rio Hondo
Perdido
Palma Sola
Boca Grande
Naranja

B. Un(a) hispano(a) interesante. *Think of an actor, actress, baseball (soccer, tennis...) player, artist, singer, or writer of Hispanic origin whom you find interesting (admirable, unique, famous...). Look him/her up on the Internet, and write a biographical sketch of 8–10 sentences (60–80 words) about him or her. Divide your report into three paragraphs: introduce and identify the person you chose (name, origins, family background, profession...) in the first paragraph; give details of his/her life, work, interest, etc., in the second paragraph; and write a conclusion explaining why you chose this particular person in the third paragraph.*

STUDENT ACTIVITIES MANUAL **Cuaderno de ejercicios**

CAPÍTULO 4

Amor y amistad

The Future Tense

CE 4-1 Del pasado al futuro.   *Complete the following sentences with the future tense forms of the underlined verbs.*

⚜ **MODELO**   Alicia **prometerá** hoy lo mismo que ya <u>prometió</u> ayer.

1. Ustedes no <u>hicieron</u> nada hasta ahora; ¿ _____ algo pronto?

2. <u>Cuidé</u> al padre y _____ al hijo también.

3. Ellos no <u>quisieron</u> salir anoche; ¿ _____ salir esta noche?

4. Pensó él: «No <u>supe</u> hacer feliz a Lisa..., ¿_____ hacer feliz a Lucy...?»

5. José Luis <u>pudo</u> ayudar una vez pero no _____ ayudar siempre.

6. Mi novio _____ exactamente lo mismo que ya <u>dijo</u> dos veces la semana pasada.

7. Nosotros _____ las tareas del hogar como <u>compartimos</u> otras responsabilidades, ¿no?

8. Susana no <u>vino</u> a la última cita y probablemente no _____ a la próxima tampoco.

CE 4-2 Planes de verano.   *It is the end of April, and some friends are talking about their vacation plans. Fill in each blank with the correct future tense form of the verb in parentheses to figure out what they will be doing this summer.*

1. Yo _____ (trabajar) hasta el 15 de julio y después _____ (decidir) qué hacer el resto del verano.

2. Marta, Sonia y yo _____ (viajar) a México en auto. Nosotras

   _____ (compartir) todos los gastos (*expenses*).

3. Alicia no _____ (poder) viajar con nosotras porque _____ (tener) que cuidar a su abuela enferma.

4. Teresa y Ray _____ (estar) una semana en Caracas y _____ (pasar) el resto del verano en Paraguay.

5. ¿Qué _____ (hacer) tú, Pedro? ¿Y adónde _____ (ir) tus padres este año?

CE 4-3 Conjeturas lógicas. *As usual, your roommate is bombarding you with questions, and, as usual, you don't know the answers. Respond with conjectures using the future of probability. Follow the model.*

⚜ **MODELO** —¿A qué hora es la fiesta para Alicia? (las ocho)
—No sé, <u>**será a las ocho.**</u>

1. —¿Dónde es la fiesta? (en su apartamento)

   —No sé, _____.

2. —¿Cuántos años cumple Alicia hoy? (diecinueve, como nosotras)

   —No sé, _____.

3. —¿Con quién vive ella? (con una amiga)

   —No sé, _____.

4. —¿A qué hora salimos de aquí? (a eso de las siete)

   —No sé, _____.

5. —¿Por qué aún no está aquí tu novio? (en clase)

   —No sé, _____.

6. —¿Qué clase tiene hoy? (una clase de historia o de filosofía)

   —No sé, _____.

7. —¿Y a qué hora llega aquí? (antes de las siete)

   —No sé pero no te preocupes, _____.

The Conditional

CE 4-4 Sueños y más sueños. *What would you and your friends do if you had a lot of money? Describe six of your ideas or plans by combining elements from columns A and B and completing the sentences with the appropriate information. Use the conditional tense, as in the model.*

⚜ **MODELO** **Mi novio y yo compraríamos un apartamento en Nueva York.**

A

mis amigos
yo
(nombres de dos amigos)
mi novio(a) y yo
mi amigo(a) (+ nombre)
mi compañero(a) de cuarto

B

ir a...
viajar a...
vivir en...
comprar...
cambiar...
compartir...
visitar...
salir...

1. _____

2. _____

3. _____

4. _____

5. _____

6. _____

CE 4-5 Expresiones sinónimas. *Say the same thing, but differently. Rewrite the sentences using the conditional of probability.*

✹ **MODELO** Los novios <u>probablemente fueron</u> al parque.
Los novios <u>irían</u> al parque.

1. Tú <u>probablemente sabías</u> la verdad.

   _____

2. Sus padres <u>probablemente eran</u> ricos.

   _____

3. <u>Probablemente eran</u> las diez cuando te llamé.

   _____

4. No comió porque <u>probablemente no tenía</u> hambre.

   _____

5. Acompañó a Celia porque <u>probablemente estaba</u> enamorado de ella.

   _____

Comparisons of Equality and Inequality

CE 4-6 Comparaciones. *Look at the drawings and answer the questions using comparatives. Follow the models.*

✹ MODELOS

Prof. Díaz

Prof. Ruiz

a. ¿Dónde hay más libros? ¿en la mesa o en la silla?
Hay tantos libros en la mesa como en la silla.

b. ¿Quién es menos popular? ¿El profesor Díaz o el profesor Ruiz?
El profesor Díaz es menos popular que el profesor Ruiz. [or: El profesor Ruiz es más popular que el profesor Díaz.]

Marta   Susana

1. ¿Quién es más alta? ¿Marta o Susana?

_____

_____

2. Quién recibió más (menos) votos *(votes)*? ¿el señor Ordóñez o el señor Ibarra?

_____

_____

3. ¿Qué hay más en la cola *(line)*? ¿muchachas o muchachos?

_____

_____

4. ¿Cuál es más larga (corta)? ¿la calle Colón o la calle Rincón?

_____

_____

STUDENT ACTIVITIES MANUAL **Cuaderno de ejercicios**

CE 4-7 Más comparaciones. *Complete each of the sentences below with one or more of the following words:* **más, menos, que, tan, tanto (-a, -os, -as), como, de**.

✸ **MODELOS** a. ¿Sabes **tanto** como yo?
b. Viajaron con más **de** dos mil dólares.

1. Tú tienes cuatro citas y yo dos. Tienes _____ citas que yo.

2. Felipe cuida a _____ niños como su hermana.

3. El profesor habló dos horas y la estudiante sólo una. Él habló _____ que ella.

4. En todo el semestre no tuvimos más _____ un examen.

5. Tomó una decisión tan pronto _____ pudo.

6. Mamá es _____ romántica como papá.

7. Tú eres casada y con hijos y yo soy soltera. Tienes probablemente _____ responsabilidades que yo.

8. Ellos recibieron menos dinero _____ nosotros.

9. Estoy segura de que allí hay más _____ diez estudiantes.

Irregular Comparative Forms; the Superlative

CE 4-8 Don Compáralotodo. *Don Compáralotodo always has to have the last word. If someone tells him that he knows an honest person, don Compáralotodo knows one who is more honest; if someone tells him he saw a bad movie, don Compáralotodo has seen one that is worse. Following the models, write responses don Compáralotodo makes to his friends' comments.*

✸ **MODELOS** a. Ese joven es muy celoso.
Pero mi hijo es más celoso.

b. Ana tiene pocos amigos sinceros.
Pero Sandra tiene menos amigos sinceros.

c. Yo estoy mal.
Pero su tío está peor.

1. Los García tienen poco dinero. _____

2. Susana cuida bien a sus hijos. _____

3. Mauricio acompañó a muchos estudiantes. _____

4. La margarina es mala. _____

5. Los Ruiz salen mucho. _____

6. Colombia es un país pequeño. _____

CE 4-9 Diálogo con un estudiante fanático... *Antonio is trying to convince his friend Carlos to come to the university he attends. Use the superlative as he would to describe his alma mater.*

✿ **MODELOS**　　a. ¿Tienen una <u>buena biblioteca de música</u>?
　　　　　　　　　　Sí, tenemos la mejor biblioteca de música del país.

　　　　　　　　b. ¿Crees que música es una <u>carrera fácil</u>?
　　　　　　　　　　Sí, creo que música es la carrera más fácil de todas.

1. ¿Está la universidad en una <u>ciudad interesante</u>?

Sí, la universidad está en _____ esta región.

2. ¿Son <u>simpáticas las muchachas</u>?

Sí, son _____ todo el país.

3. ¿Es <u>grande la universidad</u>?

Sí, es _____ país.

4. ¿Vienen aquí <u>estudiantes inteligentes</u>?

Sí, aquí vienen_____ la tierra.

5. ¿Tienen un <u>buen equipo</u> de fútbol?

Sí, tenemos _____ mundo.

CE 4-10 Dos semanas en Cuba. *Virginia and Pablo have just returned from a two-week vacation in Cuba. They liked some things they saw there very much and other things, not at all. Answer their friends' questions using the absolute superlative, following the models.*

✿ **MODELOS**　　a. ¿Hay **muchas** escuelas?
　　　　　　　　　　¡Muchísimas!

　　　　　　　　b. ¿Es **malo** el transporte público?
　　　　　　　　　　¡Malísimo!

1. ¿Es Cuba un <u>lindo</u> país? _____

2. ¿Son <u>simpáticos</u> los cubanos? _____

3. ¿Vieron colas <u>largas</u>? _____

4. ¿Hay <u>pocos</u> autos nuevos? _____

5. ¿Son baratos (*cheap*) los libros? _____

6. ¿Es <u>rica</u> la comida cubana? _____

7. ¿Es <u>grande</u> la universidad? _____

8. ¿Fue <u>interesante</u> la experiencia? _____

Vocabulario

CE 4-11 Palabras relacionadas. *Give a noun related to each of the following verbs. Follow the models.*

✿ **MODELOS**   a. jugar **el juego**   b. trabajar **el trabajo**

1. viajar _____

2. acompañar _____

3. amar _____

4. apoyar _____

5. citar _____

6. envidiar _____

7. depender _____

8. decidir _____

9. prometer _____

10. cambiar _____

CE 4-12 El día de mi santo. *Circle the most appropriate words to complete the following paragraph.*

El 15 de octubre fue el día de mi santo. Esa tarde yo llegué a casa temprano porque (evité / prometí / cuidé) encontrarme con Ray, mi esposo, a las siete y media. Descansé un rato y luego me preparé para salir a cenar con él. Me (cambié / rompí / lavé) la ropa porque quería estar elegante esa noche. Sabía que primero iríamos a cenar y luego a bailar. Ray llegó a las seis y media y me trajo unas rosas hermosas; él es muy (liberado / fuerte / romántico) y sabe que a mí me gustan las flores y sus demostraciones de (envidia / amor / celos). Fuimos a mi restaurante favorito en Boston y allí compartimos una cena deliciosa. Después fuimos a bailar y bailamos mucho. Ray es muy cariñoso y divertido, y me (apoya / insiste / pone) en todo. Su único defecto es que es muy (nuevo / dominador / derecho). También tiene (citas / fechas / celos) de todo el mundo. Por eso, para evitar problemas, generalmente sólo bailo con él. Eso a mí realmente no me molesta porque ¡Ray es el mejor bailarín que conozco...!

Lectura y comprensión

CE 4-13 Una leyenda de amor. *Read the following account of an Aztec legend telling how the two snow-covered mountains near Mexico city (Iztaccíhuatl and Popocatépetl) were created, and then complete the statements below by circling the correct or most probable answer.*

Dos de las tres montañas más altas de México son Iztaccíhuatl y Popocatépetl, situadas ambas más o menos a setenta kilómetros al sureste de Ciudad de México. Son montañas tan altas que casi siempre están cubiertas de nieve y una de ellas, Iztaccíhuatl, tiene la forma de una mujer acostada. Por esa razón, también es conocida como «mujer dormida», aunque su nombre azteca significa «mujer blanca»: del nahuatl «Iztac» (blanco/a) y «cíhuatl» (mujer). La historia de cómo se crearon esas dos montañas es muy romántica y se origina en la mitología azteca. Según una versión de la leyenda, Iztaccíhuatl era una joven muy hermosa, hija del emperador Moctezuma. Un día se enamoró profundamente de un joven guerrero llamado Popocatépetl y este también de ella. Cuando el emperador supo eso, decidió separar a la pareja y enviar a la guerra al joven guerrero. Como los jóvenes enamorados protestaron, él les prometió que tendrían su permiso para la boda si Popocatépetl regresaba victorioso de su misión. Pero en realidad al emperador no le gustaba el candidato de su hija y quería casarla con otro. Seguro de que Popocatépetl no regresaría de la guerra, trató de arreglar el casamiento de su hija con un noble de la corte. Cuando esta le dijo que no, que solamente se casaría con Popocatépetl, el emperador decidió inventar una mentira: le dijo que su enamorado había muerto en combate. Pensó que de esa manera ella se casaría con el noble de la corte. Sin embargo, muy cara le costó su mentira a Moctezuma. Tan grande fue el dolor que le causó a Iztaccíhuatl la noticia de la muerte de su amado que murió sólo unas horas después de escuchar la falsa noticia. Cuando Popocatépetl volvió triunfante de la guerra y encontró muerta a su amor, a él también se le rompió el corazón y murió de tristeza y dolor. Por el gran amor entre ellos, los dioses cubrieron sus cuerpos con una blanca capa de nieve y los convirtieron en dos montañas inmensas y hermosas. De esa manera, nadie, nunca más, podría separarlos.

Vocabulario

profundamente	*deeply*	**guerrero**	*warrior*
arreglar	*to arrange*	**mentira**	*lie*

1. Las montañas Iztaccíhuatl y Popocatépetl están al _____ de Ciudad de México.

   a. suroeste   b. sureste   c. noreste

2. Iztaccíhuatl es una palabra azteca que quiere decir…

   a. mujer blanca.   b. mujer dormida.   c. mujer acostada.

3. Otro nombre para Iztaccíhuatl es…

   a. mujer blanca.   b. mujer dormida.   c. mujer acostada.

4. El emperador Moctezuma era el _____ de Iztaccíhuatl.

   a. compadre   b. padrastro   c. padre

5. Ella se enamoró de un joven _____ llamado Popocatépetl.

   a. guerrero   b. noble   c. dominador

6. El emperador creía que Popocatépetl _____ la guerra.

   a. regresaría de   b. se moriría en   c. triunfaría en

7. Moctezuma quería casar a su hija con un joven…

   a. cariñoso.   b. guerrero.   c. noble de la corte.

8. La mentira que el emperador le dijo a su hija era que Popocatépetl estaba…

   a. muerto.   b. casado.   c. enamorado de otra.

9. Iztaccíhuatl y Popocatépetl murieron…

   a. juntos.   b. de tristeza y dolor.   c. de un ataque al corazón.

10. Por _____ grande entre ellos, los dioses los convirtieron en dos hermosas montañas.

   a. la amistad   b. la envidia   c. el amor

Repaso

CE 4-14 Breves conversaciones. *Complete the following dialogues with the future or conditional forms of the verbs in parentheses, as appropriate.*

⚙ **MODELO** —¿Sabes qué **hará** (hacer) Sonia mañana de noche?

—Sí, me dijo que **saldría** (salir) con José Antonio.

—¡No puede ser! Ayer me prometió que (ella y yo) **iríamos** (ir) al cine a ver la última película de Almodóvar...

1. —¿A qué hora piensas que _____ (llegar) la señora Díaz, Tina?

—En realidad, ya _____ (deber) estar aquí, mamá. Me dijo que _____ (llegar) temprano, a eso de las seis.

—¡Pero son casi las siete! ¿No _____ (estar) enferma?

—No lo creo, pero no te preocupes. Yo _____ (cuidar) a Pedrito mientras tú y papá van al concierto. ¡Ya tengo doce años!

2. —¿Crees que Paco me _____ (llamar) esta noche?

—Lo dudo. Él dijo que no _____ (llamar) hasta el jueves o viernes...

—¿Dijo eso? Pues, si no llama antes del jueves, (yo) _____ (romper) con él ¡antes del viernes!

—¿Cómo? ¿Y no le prometiste que no lo _____ (dejar) nunca?

3. —¿ _____ (Ser) muy tarde en Buenos Aires ahora?

—No sé. Creo que tenemos dos horas de diferencia, así que allí _____ (ser) las once. ¿Por qué?

—Es que le prometí a Susana que la _____ (llamar) hoy, y ella me dijo que _____ (esperar) mi llamada todo el día.

—Entonces, ¿qué esperas? Tu pobre novia _____ (estar) al lado del teléfono, pensando que olvidaste tu promesa. ¡Llámala ya, Tony!

¡A escribir!

CE 4-15 Temas alternativos.   *Choose one of the following topics and write a paragraph about it.*

A. En el futuro.   *Describe your life in 25 years. What will you probably be doing? Will you be married? Will life be different than it is now? In what ways? Use the future tense.*

B. ¡Un millón de dólares...!   *Imagine that you have just won a million dollars in the lottery. Describe how you would spend that money. What would you buy? Where would you go? Who would you help? What would you do with so much money? Use the conditional tense.*

_____

_____

_____

_____

_____

_____

_____

_____

_____

_____

_____

_____

_____

_____

_____

_____

_____

CAPÍTULO 5

Vivir y aprender

The Present Subjunctive Mood: Introduction and Formation; the Subjunctive with Impersonal Expressions

CE 5-1 La vida universitaria. *Complete the following sentences about school life, using the present subjunctive and adding appropriate personal (or fictional) information where indicated by the blanks.*

✸ **MODELO** Es probable que yo **siga** (seguir) **química** el próximo semestre.

1. Es bueno que mi amigo(a) _____ (especializarse) en _____.

2. Es necesario que mis compañeros y yo _____ (hacer) las tareas a tiempo para la clase

   de _____.

3. Es importante que los profesores _____ (ser) comprensivos.

4. Es una lástima que nosotros no _____ (leer) *Don Quijote* en la clase de literatura.

5. Es dudoso que yo _____ (recibir) buenas calificaciones en

   _____ y en _____.

6. Es posible que mis amigos _____ (asistir) a un partido de

   _____ el próximo fin de semana.

7. Es difícil que un(a) estudiante _____ (trabajar) y _____

   (estudiar) al mismo tiempo, ¿verdad?

8. Es sorprendente que tu hermana _____ (querer) dejar su clase de

   _____ para seguir un curso de _____.

CE 5-2 Opciones múltiples. *Mark the most appropriate choice to complete each of the following sentences.*

✸ **MODELO** Es verdad que...
   ___ (a) saque una buena nota.
   _x_ **(b) sigo dos cursos de historia.**
   ___ (c) tome buenos apuntes.

1. No es bueno que...

_____ (a) hablan mucho en clase.

_____ (b) fracasen en ese examen.

_____ (c) exigen demasiado.

2. Es evidente que ustedes...

_____ (a) sean buenos estudiantes.

_____ (b) tienen deseos de aprender.

_____ (c) estén nerviosos.

3. Es mejor que tú...

_____ (a) lees tus lecciones.

_____ (b) hagas tus ejercicios.

_____ (c) aceptas esa beca.

4. ¿Es posible que Mónica...

_____ (a) sigue cinco materias?

_____ (b) tiene una cita con su profesora?

_____ (c) se gradúe en diciembre?

5. Es cierto que ella...

_____ (a) pasó el examen final.

_____ (b) cambie de carrera.

_____ (c) estudie medicina.

6. No es seguro que mis padres...

_____ (a) asistan a esa conferencia.

_____ (b) pueden pagar mi matrícula.

_____ (c) van a devolver los videos.

7. Es obvio que usted...

_____ (a) no saque buenas notas.

_____ (b) no está en clase los viernes.

_____ (c) no tenga interés en las ciencias.

8. ¿No es preferible que ustedes...

_____ (a) se gradúan el año que viene?

_____ (b) se especilicen en ciencias de computación?

_____ (c) se especializan en matemáticas?

Verbs that Take the Subjunctive

CE 5-3 Quejas y más quejas. *Complete the response that Pepe's mother makes to each of her son's statements or questions, putting the underlined verb in the subjunctive.*

✿ MODELO   —Mamá, no quiero **estudiar** más hoy.
          —Pero hijo, insisto en que **estudies** un poco más.

1. —Creo que voy a <u>jugar</u> con los muchachos.

   —Bien sabes que tu padre y yo preferimos que no _____ con tus amigos cuando tienes que estudiar.

2. —Tal vez voy a <u>mirar</u> televisión con Jorge.

   —Eso es peor. Prohíbo que ustedes _____ televisión a estas horas.

3. —Tengo otra idea. Voy a <u>ir</u> al cine con Carmen.

   —No entiendes, Pepe. Tu padre no permite que _____ al cine durante la semana.

4. —Pero mamá, no tengo ganas de <u>hacer</u> mis tareas ahora.

   —Hijo, te exijo que _____ esos ejercicios ahora mismo.

5. —Es que no <u>tengo</u> que estudiar para pasar mis exámenes...

—Pues yo dudo que no _____ que estudiar para mejorar *(improve)* tus notas.

6. —Mamá, ustedes los padres nunca <u>comprenden</u> a sus hijos.

—Si quieres que nosotros te _____ tienes que hacer lo que te decimos.

7. —Tú hablas mucho, mamá... y yo tengo hambre... ¿Puedo <u>comer</u> el chocolate que está en el refrigerador?

—No, Pepe. Prefiero que tú y tus hermanos _____ ese chocolate después de la cena.

8. —Ustedes creen que todavía somos niños... ¿Cómo vamos a <u>triunfar</u> en la vida con tantas prohibiciones?

—Tienes que entender esto, hijo. Tu padre y yo queremos que ustedes _____ en la vida, pero aquí en casa nosotros somos DIOS...

CE 5-4 Deseos y temores.   *Combining elements from all three columns, write eight wishes and fears that you have. Use the present subjunctive and follow the models.*

✿ **MODELOS**   a. **No quiero que mi hermano fracase en <u>química</u>.**
    b. **Me alegro de que esta universidad ofrezca cursos de <u>literatura y de educación</u>.**

esperar que	mis profesores	seguir un curso de _____
(no) querer que	tú y tu novio(a)	pagar mi matrícula
dudar que	mi hermano(a)	tener pocos requisitos
alegrarse de que	esta universidad	devolver estos libros a la biblioteca
(no) temer que	mi amigo(a) y yo	fracasar en _____
	tú	ser muy exigente(s)
	mis padres	aprobar el examen final
		dar becas a estudiantes extranjeros
		especializarse en _____
		tomar buenos apuntes
		sacar una «A» en _____
		ofrecer cursos de _____ y de _____

1. _____

2. _____

3. _____

4. _____

5. _____

6. _____

7. _____

8. _____

The Subjunctive Versus the Indicative

CE 5-5 ¿Indicativo o subjuntivo?   *Complete the sentences with the correct forms of the verbs in parentheses (indicative or subjunctive). Then change them to the negative, using the cues provided.*

⚙ **MODELO**   Es verdad que yo **quiero** (querer) tener un título universitario.
No es verdad que yo **quiera tener un título universitario.**

1. Es dudoso que ellos _____ (tener) el examen hoy.

No hay duda de que ellos _____.

2. Tú y Silvia creen que _____ (haber) demasiados requisitos.

Tú y Silvia no creen que _____.

3. Es bueno que ustedes _____ (saber) la verdad.

No es bueno que ustedes _____.

4. Están seguros de que nosotros _____ (poder) terminar la carrera.

No están seguros de que nosotros _____.

5. Es obvio que en esta clase uno _____ (aprender) mucho.

No es obvio que en esta clase uno _____.

6. Es evidente que ese liceo _____ (ser) muy bueno.

No es evidente que ese liceo _____.

CE 5-6 ¿Qué quieren Elena, el Sr. López, Martita y Silvia?   *Complete the sentences based on the cues in the pictures.*

⚙ **MODELOS**   a. Elena quiere **dormir.**   b. Elena no cree que mañana **llueva.**

a.   b.

Elena

1. a. El Sr. López desea _____.   b. El Sr. López quiere que Martita _____.

a.   b.

2. a. Martita no quiere _____.   b. Martita espera que su mamá le _____.

a.   b.

3. a. Silvia piensa _____.   b. Silvia no duda que su novio _____.

a.   b.

CE 5-7 Con un poco de imaginación.   *Complete the sentences with ideas of your own. You might want to use some of these words:* **estudiar, estar enfermo(a), fracasar, especializarse, saber la lección, devolver, pagar la matrícula, ser muy exigente.**

1. No hay duda que tú _____.

2. Es necesario que yo _____.

3. Pienso que él _____.

4. Es probable que ellos _____.

5. Ojalá _____.

6. Dudamos que usted _____.

7. Mis amigos insisten _____.

8. No quieren que nosotros _____.

CE 5-8 Conversación entre hermanos. *Antonio is telling Dora, his younger sister, how difficult it is to survive in college, but his sister doesn't quite believe everything she hears. Complete Dora's responses using the cues provided.*

✺ **MODELO** Es difícil encontrar un buen compañero de cuarto.
Dudo que **sea difícil encontrar un buen compañero de cuarto.**

1. Todos los profesores son exigentes.

   No creo que _____.

2. Los estudiantes pasan todo su tiempo en la biblioteca.

   No es bueno que _____.

3. Mi compañero de cuarto sólo piensa en ganar dinero.

   ¿Es posible que _____?

4. La comida de la cafetería universitaria es horrible.

   ¡Es imposible que _____!

5. Tengo que leer mil páginas por semana para filosofía.

   Es ridículo que _____.

6. ¡En español aprendemos cien palabras nuevas por día!

   Me alegro de que _____.

   Ahora podremos ir a México... ¡y tú serás nuestro intérprete *(interpreter)*!

Vocabulario

CE 5-9 Quejas de un estudiante. *Complete the following story of a student's complaints by circling the words in parentheses that are most appropriate in the context of his account.*

El otro día encontré una (1. nota / ventaja) en mi buzón *(mailbox)* que decía que yo tenía que (2. volver / devolver) un libro a la (3. librería / biblioteca) muy pronto o pagar una multa *(fine)*. ¡Qué problema! Es que yo no tengo ese libro en este momento. Mi amiga lo llevó a un (4. colegio / congreso) literario en México y ella no va a (5. volver / devolver) hasta la semana que viene. No tengo el dinero necesario para pagar la multa porque compré varios libros de texto muy caros en la (6. librería / biblioteca) universitaria el jueves pasado. Sigo cinco cursos este semestre y todos los profesores son (7. bajos / exigentes). También hay mucha (8. tarea / esperanza) pero afortunadamente me gusta leer. Asisto a todas las clases y tomo buenos (9. apuntes / deberes), pero a veces las (10. lecturas / conferencias) de los profesores no son muy claras. Yo (11. dudo / siento) que nosotros los estudiantes no podamos darles (12. notas / grados) a los profesores. ¡Creo que muy pocos sacarían una «A»!

CE 5-10 Palabras engañosas. ¡Ojo... ! *For each of the following words, circle the most appropriate translation.*

1. colegio   school / college / colleague

2. dormitorio   dorm / apartment / bedroom

3. lectura   reading / lecture / lecturer

4. apuntes   appointments / notes / grades

5. actualmente   truly / actually / currently

6. facultad   department / faculty / field

7. aprobar   to prove / to pass / to probe

8. cita   site / citation / appointment

Lectura y comprensión

CE 5-11. La UNAM, una universidad muy antigua. *Read the following history and description of the* **Universidad Nacional Autónoma de México,** *and then answer the questions that follow by circling, for each case, the correct or most probable answer.*

¿Sabía usted que la Universidad Nacional Autónoma de México, situada en Ciudad de México y generalmente conocida como la UNAM, es una de las dos universidades más antiguas de toda América? En efecto, la Universidad de San Marcos en Lima, Perú, y la actual UNAM fueron fundadas prácticamente al mismo tiempo, en el siglo XVI, entre 1551 y 1552. La Universidad de Harvard, por ejemplo, que es la más antigua de Estados Unidos, se fundó más de 80 años después, en 1636. En particular, los antecedentes históricos de la UNAM datan de 1551, año en que se creó la Real y Pontificia Universidad de México, refundada oficialmente como Universidad Nacional en 1910. Allí fueron formados muchos hombres y mujeres distinguidos en el mundo de las ciencias, las humanidades, la cultura, las artes y las letras de México y de Latinoamérica, entre ellos tres mexicanos que ganaron el Premio Nobel: Alfonso García Robles, Nobel de la paz en 1982, Octavio Paz, Nobel de literatura en 1990 y Mario Molina, Nobel de química en 1995. La UNAM tiene como misión formar profesionales, investigadores, profesores universitarios y técnicos útiles a la sociedad, como también organizar y realizar investigaciones, principalmente sobre las condiciones y los problemas nacionales, y además extender los beneficios de la cultura a través de diversas actividades musicales, teatrales, artísticas, cinematográficas, etcétera. Con respecto a la formación de profesionales, algunos datos significativos son los siguientes: la UNAM tiene unos 275 000 estudiantes por año, cuenta con más de 29 000 profesores, ofrece 68 carreras, y 1 de cada 2 doctorados en México es de la UNAM. En el campo de la investigación, la UNAM tiene más de 3700 investigadores y técnicos de tiempo completo, genera el 50% de toda la investigación en México y publica 12 500 artículos científicos al año. Y en lo relacionado con la difusión cultural, la UNAM auspicia, anualmente, cerca de 8000 actividades de música, teatro, danza y cine, atiende a más de 300 000 visitantes y edita más de 1000 libros, además de contar con los programas culturales de Radio UNAM desde hace más de 50 años.

Vocabulario

a través de	*through*	**investigadores**	*researchers*
difusión	*dispersion*	**auspicia**	*sponsors, promotes*

1. ¿Cuáles son las dos universidades más antiguas de toda América?

     a. Harvard y UNAM   b. San Marcos y Harvard   c. UNAM y San Marcos

2. ¿Dónde está la UNAM?

     a. en Perú   b. en México   c. en Estados Unidos

3. ¿Con qué año asociamos los antecedentes históricos de la UNAM?

     a. con 1551   b. con 1552   c. con 1636

4. ¿Qué Premio Nobel recibió Alfonso García Robles en 1982?.

    a. el Nobel de la paz   b. el Nobel de química   c. el Nobel de literatura

5. ¿Quién recibió el Premio Nobel de literatura en 1990?

    a. Mario Molina   b. Octavio Paz   c. Alfonso García Robles

6. ¿En qué año recibió Mario Molina el Premio Nobel de química?

    a. en 1995   b. en 1990   c. en 1982

7. ¿Cuántos profesores tiene la UNAM?

    a. unos 3700   b. más de 29 000   c. unos 12 500

8. ¿Qué porcentaje de los doctorados en México son de la UNAM?

    a. el 100%   b. el 25%   c. el 50%

9. Aproximadamente, ¿cuántas personas visitan la UNAM cada año?

    a. unas 275 000   b. más de 300 000   c. cerca de 8000

10. ¿Cuántos libros edita la UNAM anualmente?

    a. más de 1000   b. unos 68   c. 12 500

Repaso

CE 5-12 El perro, el gallo (*rooster*) y la zorra (*fox*). *Complete the following dialogue from Aesop's fables with the correct form of the verbs in parentheses (subjunctive, indicative, or infinitive).*

El gallo: Quiero que tú _____ (conocer) a mi amigo el perro.

La zorra: Espero que nosotros tres _____ (ser) muy buenos amigos.

El perro: No dudo que los tres _____ (ir) a poder ayudarnos siempre.

El gallo: Es mejor que (nosotros) _____ (caminar) juntos, en caso de peligro.

        «De acuerdo», contestaron la zorra y el perro, y fueron todos hacia el bosque *(woods)*.

El perro: Creo que (nosotros) _____ (deber) pasar la noche por aquí.

El gallo: Yo pienso _____ (dormir) en lo alto de este árbol. Buenas noches a todos.

El perro: Estoy seguro de que yo _____ (ir) a descansar bien en el hueco *(hollow)*

        de este mismo árbol.

La zorra: Yo también deseo _____ (estar) cerca de ustedes. Voy a dormir aquí.

Después de poco rato dormían los tres. Pero el gallo se despertó muy temprano y empezó a cantar. Al oír su canto, apareció *(appeared)* la zorra. La muy astuta le dijo:

La zorra: ¡Buenos días! Te ruego que _____ (bajar *[to come down]*) del árbol para

        darte las gracias por tan linda canción.

«Esta zorra cree que yo _____ (ser) más estúpido que un burro», pensó el gallo.

«Le quiero _____ (dar) una buena lección a esta "amiga"».

EL GALLO: Primero es necesario que tú _____ (llamar) a nuestro portero (gatekeeper)
             el perro.

La zorra, que sólo pensaba en el banquete que iba a darse con el gallo, no entendió lo que hacía el gallo. Llegó al hueco del árbol y dijo:

LA ZORRA: ¡Buenos días, amigo perro! ¡Queremos que te _____ (levantar)! ¡Es una

             vergüenza (shame) que tú _____ (seguir) en la cama...!

Con tanto ruido, la zorra despertó al perro y éste, enojado por la falta de respeto de aquélla, atacó a la zorra y le empezó a dar palos (beat) sin piedad (pity).

    La moraleja (moral) de esta fábula puede ser la siguiente:

Es bueno que uno _____ (ser) astuto, pero es mejor _____ (actuar) siempre con prudencia.

CE 5-13 La Universidad de Santiago de Compostela.   *Marta and Fernando are going to the University of Santiago de Compostela in Spain to take a summer course. Complete their conversation with the appropriate forms of the present subjunctive or indicative.*

MARTA: Si vamos a ir a Santiago de Compostela para estudiar este

             verano, es importante que _____

             (1. conocer) la historia del lugar. ¿Sabías que Santiago

             _____ (2. ser) la tercera ciudad de

             peregrinaje (pilgrimage) más importante del mundo, después

             de Roma y Jerusalén?

FERNANDO: No, realmente no lo sabía, Marta.

MARTA: Pues, según esta guía turística, los restos del apóstol Santiago
             fueron enterrados (buried) en una tumba que hoy está debajo
             de la catedral.

FERNANDO: ¿Por qué se ven conchas (seashells) en todos los dibujos de peregrinos...? ¿Será que tienen algún
             valor simbólico?

MARTA: Según lo que dice aquí, es verdad que la concha _____ (3. ser) el emblema de

             los peregrinos a Santiago y es cierto también que _____ (4. ser) el símbolo

             que todo peregrino debe llevar. Escucha..., dice que Santiago es una de las ciudades más hermosas

             de España y que _____ (5. contar) con una universidad muy importante.

             Creo que la universidad _____ (6. tener) más de 30 mil estudiantes.

FERNANDO: No hay duda de que esa ciudad _____ (7. deber) ser muy interesante,

             pero tengo miedo de que las clases allí _____ (8. ser) difíciles. Espero que

             (tú y yo) _____ (9. poder) mantenernos al nivel de la clase... y ojalá que

             no _____ (10. tener) que hablar enfrente de mucha gente.

Elizabeth Fouts

MARTA: No creo que el profe nos _____ (11. poner) a pronunciar discursos

(speeches), Fernando; no te preocupes. Pero ojalá que (nosotros) _____

(12. tener) bastante tiempo libre para ver los sitios de interés. Entre otras cosas, quiero que

(nosotros) _____ (13. visitar) el museo, el Palacio de Gelmírez, la Plaza de

la Quintana..., ¡y lógico!, las ciudades de Pontevedra y de La Coruña, que están cerca. También,

según esta guía, las dos son muy antiguas y ricas en historia.

FERNANDO: ¡Caramba! Marta, creo que (tú) me _____ (14. ir) a llevar por toda España.

¿Qué clase de vacaciones son ésas...?

MARTA: Bueno, ¡no exageres, Fernando! Es cierto que _____ (15. preferir) estar

activa durante las vacaciones, pero...

FERNANDO: ¿Activa? Tú eres super-hiper-requeteactiva, mi amor. ¡Espero que en ese itinerario tuyo también

_____ (16. haber) tiempo para descansar un poco...!

¡A escribir!

CE 5-14 Temas alternativos. *Choose one of the following topics and write a paragraph about it.*

A. Carta abierta a... *Write an "open letter" to the president of your school or your instructors about what you want him/her or them to do to improve campus life and your own life. Use* **querer, desear, esperar, es importante, es urgente** *(or similar verbs or expressions) and the subjunctive at least twice. Begin with* **Estimado(a) señor(a)** *or* **Estimados profesores.**

B. Deseos personales... *Write a list of eight wishes related to things that other people (a teacher, your friends and relatives) could do to make your life happier. Use at least four different verbs or expressions from the following list:* **querer, desear, esperar, necesitar, preferir, es importante, es necesario.**

_____

_____

_____

_____

_____

_____

_____

_____

_____

_____

_____

_____

_____

_____

_____

CAPÍTULO 6

De viaje

Direct Object Pronouns

CE 6-1 Un viaje a España. *Sandra is talking to her friend Teresa. Complete their conversation with the appropriate direct object pronouns.*

TERESA: ¿Ya compraste los boletos para tu viaje?

SANDRA: Sí, 1._____ compré hace una semana. También compré un plano de Madrid.

TERESA: ¡Qué bien! ¿Hiciste tus maletas?

SANDRA: 2. _____ hice anoche.

TERESA: ¿Y ya tienes los cheques de viajero?

SANDRA: ¡Sí, ya 3. _____ tengo! Sólo debo llamar a mis padres para decirles que salgo mañana.

4. _____ llamo ahora mismo...

TERESA: ¡Qué organización! 5. ¡ _____ felicito *(congratulate)*, chica!

Sandra llega a Madrid y llama a la casa de Paco y Adela García, dos viejos amigos. Adela contesta el teléfono.

ADELA: Dígame.

SANDRA: Hola, Adela. Soy yo, Sandra.

ADELA: ¡Sandra! ¿Cuándo llegaste?

SANDRA: Esta tarde, hace unas dos horas. Estoy en el Hotel Lisboa.

ADELA: Y ¿cuándo nos visitas? ¿Puedes esta noche... o ahora mismo...?

SANDRA: Pues, la verdad es que estoy un poco cansada ahora, pero 6. _____ puedo ver mañana

a mediodía si están libres.

ADELA: ¡Claro que sí! Yo puedo pasar por el hotel a recoger 7. _____. ¿Qué te parece si

8. _____ esperas en la entrada a eso de las doce? Luego pasamos por Paco... ¡y después

tú ordenas, Sandra! ¡Vamos adonde tú quieras! ¿De acuerdo?

CE 6-2 Promesas y más promesas. *Before Rita leaves for Mexico, she makes some promises to her boyfriend, Luis. Using direct object pronouns, ask questions Luis would ask in response to Rita's promises.*

✿ MODELOS   a. —Te extrañaré mucho.   **—¿ Me extrañarás?**
                  b. —No perderé <u>mi pasaporte</u>. **—¿ No lo perderás?**

1. —Seguiré <u>tus consejos</u>.   —¿ _____ ?

2. —Visitaré <u>el Museo de Antropología</u>. —¿ _____ ?

3. —Pagaré <u>mis cuentas</u> a mi regreso.   —¿ _____ ?

4. —<u>Te</u> llamaré desde Guadalajara.   —¿ _____ ?

5. —Mandaré <u>cartas y tarjetas postales</u>. —¿ _____ ?

6. —Veré <u>a Susana</u>.   —¿ _____ ?

7. —No traeré <u>regalos caros</u>.   —¿ _____ ?

8. —Haré <u>una larga gira</u>.   —¿ _____ ?

Indirect Object Pronouns

CE 6-3 Servicios de la agencia «Turismo para todos». *To find out the kinds of services offered by this travel agency, form sentences using indirect object pronouns, following the model.*

✿ MODELO   ofrecen giras culturales muy baratas / a los estudiantes
                 Les ofrecen giras culturales muy baratas.

1. dieron mapas y guías de turismo / a mí

_____

2. encuentran hoteles buenos y cómodos / a sus clientes

_____

3. ayudarán con itinerarios y sugerencias / a ti

_____

4. alquilaron un auto / a Roberto

_____

5. consiguieron boletos para un concierto / a los turistas

_____

6. buscarán los mejores guías / a nosotros

_____

CE 6-4 Diálogo breve. *Complete the conversation with the appropriate indirect object pronouns.*

EL GUÍA: ¿_____ va a tocar algo a los pasajeros?

SR. LEAL: Lo haría con gusto, pero... no sé dónde está mi guitarra.

EL GUÍA: Yo _____ puedo ofrecer la mía, si _____ promete tratarla bien.

SR. LEAL: ¡Por supuesto!... y muchas gracias. Usted es muy amable. Bueno, distinguidos señores y señoras,

primero _____ voy a cantar «Adiós muchachos», un tango típico de mi país.

EL JOVEN: (a su amiga) ¡Ay, no, los tangos son muy viejos! ¡Los bailaban nuestros abuelos y bisabuelos!

Creo que este concierto no _____ va a gustar a nosotros.

LA AMIGA: Tienes razón. ¿Por qué no _____ dices al guía que queremos cruzar a ese

restaurante a tomar algo? Tengo mucha sed... ¿_____ puedes invitar a

tomar una limonada bien fría?

EL JOVEN: ¡Claro! Y si tienes hambre, _____ puedo comprar algo de comer.

SR. LEAL: Bueno, si aquellos dos jóvenes dejan de hablar y _____ hacen el favor de

escuchar, voy a empezar con «Adiós muchachos».

CE 6-5 De vacaciones. *Answer the following questions two ways, using direct or indirect object pronouns, following the model.*

⚙ MODELO ¿Piensa usted esperar (a los turistas)?
Sí, **pienso esperarlos**. / Sí, **los pienso esperar**.

1. ¿Quieres hacer (las reservaciones para los hoteles) mañana?

Sí, _____. / Sí, _____.

2. ¿Prometen ustedes dejar propina (al botones)?

Sí, _____. / Sí, _____.

3. ¿Piensas mandar una carta (a tus padres)?

No, _____. / No, _____.

4. ¿Puedes pedir un mapa (a la guía)?

Sí, _____. / Sí, _____.

5. ¿Prefieren ustedes visitar (el museo) hoy?

Sí, _____. / Sí, _____.

6. ¿Quiere usted dejar (su pasaporte) aquí?

No, _____. / No, _____.

Two Object Pronouns

CE 6-6 Opciones múltiples.   *Each of the following sentences has either the direct or the indirect object underlined. For each of them, four possible answers are given. Choose the phrase to which the pronoun might refer.*

⚙ **MODELO**   Yo <u>se</u> la voy a dar después.
_____ la carta   __x__ **a ellas**   _____ a mí   _____ el recuerdo

1. Si ustedes esperan, yo <u>se</u> lo pregunto.

_____ al botones   _____ el botones   _____ la información   _____ el número

2. Lo vas a necesitar en el aeropuerto. ¿Por qué no <u>lo</u> llevas?

_____ el correo   _____ la valija   _____ el pasaporte   _____ al doctor

3. Ellos nos <u>los</u> van a vender, pero a un precio más bajo.

_____ a los padres   _____ a ella   _____ los boletos   _____ la propina

4. Bueno, te <u>las</u> llevo hasta la estación.

_____ a nosotras   _____ los mapas   _____ las valijas   _____ a la familia

5. ¿Cuándo nos <u>la</u> va a traer?

_____ la cuenta   _____ la costumbre   _____ el buceo   _____ la calle

6. Prefiero dejár<u>se</u>las en el hotel.

_____ las estampillas   _____ a mí   _____ a ustedes   _____ los billetes

7. ¿<u>Nos</u> la explicas ahora?

_____ la dirección   _____ a nuestros hijos   _____ a nosotros   _____ a ella

8. No <u>te</u> lo puedo decir, Pedro; es confidencial.

_____ a la playa   _____ a ti   _____ el secreto   _____ el huésped

CE 6-7 ¡Buen viaje! *Just before leaving for Lima, Perú, Mrs. Fernández begins to worry about whether everything is in order for the trip. Using object pronouns, form affirmative answers to the questions she asks Mr. Fernández.*

⚙ **MODELOS**   a. SRA. FERNÁNDEZ: ¿Te marcaron las valijas?
          SR. FERNÁNDEZ: **Sí, ya me las marcaron.**

          b. SRA. FERNÁNDEZ: ¿Le diste nuestro número de teléfono al abogado?
          Sr. Fernández: **Sí, ya se lo di.**

1. ¿Les explicaste la situación a los vecinos? _____

2. ¿Me pusiste los documentos en la cartera? _____

3. ¿Nos reservaron los Benítez un hotel en Lima? _____

4. ¿Le dejaste los gatos a Pancho? _____

5. ¿Te dio las medicinas Graciela? _____

6. ¿Les mandaste el telegrama a los Benítez? _____

Commands

CE 6-8 Preguntas para el guía. *It is the first day of a tour and the tourists are asking their guide many questions. Answer their questions with negative* **usted** *or ustedes commands.*

⚙ **MODELOS**   a. ¿Puedo cambiar dólares en esta pensión?
          No, no cambie dólares en esta pensión.

          b. ¿Debemos dejar propina aquí?
          No, no dejen propina aquí.

1. ¿Puedo ir a la playa ahora? _____

2. ¿Podemos sacar fotos en este museo? _____

3. ¿Puedo comprar regalos en el aeropuerto? _____

4. ¿Debemos poner las valijas en el taxi? _____

5. ¿Debo buscar un hotel de lujo? _____

6. ¿Podemos pagar con tarjetas de crédito? _____

CE 6-9 Un sábado típico. *It's Saturday night, and a lot of things are happening. Make at least eight* **tú** *commands based on the drawing of the apartment building. Include some negative commands.*

✿ **MODELOS**   a. <u>Pon</u> un CD de Shakira, ¿de acuerdo?
                 b. <u>No pongas</u> música clásica, por favor. No me gusta.

_____

_____

_____

_____

_____

_____

_____

_____

_____

_____

_____

_____

CE 6-10 ¡Que problema! *Read the following problems or situations and write an appropriate comment or suggestion, using the command forms indicated in parentheses. Use a different verb for each comment or suggestion.*

✿ **MODELOS**
    a. Quiero divertirme. (tú).
       Ve a un club nocturno. (o: **No te quedes en casa**.)

    b. Pam está cansada. (mandato indirecto).
       Que descanse un rato. (o: **Que no trabaje más hoy.**)

1. Necesito unas vacaciones. (usted) _____

_____

2. No saben a qué hora empieza la conferencia. (mandato indirecto) _____

_____

3. Queremos conocer Madrid y Barcelona. (ustedes) _____

_____

4. Tú, Ana y yo tenemos un examen difícil mañana. (nosotros) _____

_____

5. Luis está con mucho dolor de cabeza. (mandato indirecto) _____

_____

6. Quiero sacar una buena nota. (tú) _____

_____

7. Tú y yo cumplimos 20 años el próximo fin de semana. (nosotros) _____

_____

8. Los niños tienen hambre. (mandato indirecto) _____

_____

9. Tenemos sueño. (nosotros)_____

_____

10. Estoy en un hotel y no hay agua caliente en el baño de mi habitación. (tú) _____

_____

Commands with Object Pronouns

CE 6-11 Mandatos y consejos entre amigos. *Complete the second sentence of each series with the appropriate affirmative or negative command, using the same verb as in the first sentence. Use object pronouns whenever possible.*

✿**MODELOS**   —No dejé las cartas en el correo ayer. ¿Qué hago?
—Pues **déjalas** hoy, Paco.

                    —¿Puedes creer que todavía no le mandé su regalo de cumpleaños a Matilde?
—¡Increíble! Entonces, **mándaselo** lo antes posible.

1. —Le compré los boletos a Jorge y ahora él me dice que no tiene dinero...

    —Mira, no _____ nunca más. ¡Jorge abusa de ti!

2. —¡Dios mío! ¡Ustedes no llamaron a Susana!

    —¡Es verdad! _____ ahora mismo. Ella nos va a perdonar, ¿no?

3. —No compramos boletos de ida y vuelta. ¿Qué hacemos?

    —_____ en la estación central. Ustedes ya saben donde queda.

4. —No le di la bienvenida *(welcome)* a Tito Martínez. ¿Qué hago? ¿Crees que ya es tarde?

    —No, creo que no... Allí está él. _____ ahora, Beatriz.

5. —¿Cómo? ¿No le explicaron el problema al guía?

    —No... pero todavía hay tiempo. _____ inmediatamente. Él nos comprenderá.

CE 6-12 De viaje. *While the Montoyas are at the Hotel La Posada, they are asked a number of things by the employees. Create appropriate responses using* **usted** *or* **ustedes** *commands. Use object pronouns whenever possible.*

✿**MODELOS**   a. —¿Dónde dejamos las valijas?
           —**Déjenlas aquí, por favor.**

                b. —¿Les doy un mapa de la ciudad?
           —**Sí, dénos uno, por favor.**

1. —¿Cierro las cortinas *(curtains)?*

    _____

2. —¿Los despertamos mañana por la mañana?

    _____

3. —¿Les puedo traer algo de tomar ahora?

    _____

4. —¿Les damos unas mantas *(blankets)* extras?

    _____

(Al otro día.)

5. —¿Limpio el cuarto ahora?

_____

6. —¿A qué hora les servimos el desayuno?

_____

7. —¿Les dejo toallas extras en el baño?

_____

8. —¿Les reservamos una mesa para la cena?

_____

9. —¿Les llamo un taxi?

_____

Vocabulario

CE 6-13 Los problemas de Pepe.   *Pepe spent two weeks in Barcelona, and although he enjoyed the last ten days very much, he prefers to forget his first few days there. To understand why, read the sentences below and circle the verb in parentheses that best describes what happened to him.*

1. (Sacó / Tardó) cuarenta minutos en encontrar el hotel.

2. (Tomó / Llevó) un taxi que costaba mucho.

3. Asistió a una conferencia que (tardó / duró) dos horas ¡y que era muy aburrida!

4. (Dejó / Salió) para la playa sin llevar su toalla.

5. Tuvo que (salir / dejar) del agua rápidamente porque casi le atacó... ¡un tiburón *(shark)*!

6. (Se marchó / Dejó) del restaurante sin pagar la cuenta y el camarero le gritó.

7. Después (dejó / salió) su tarjeta de crédito en el restaurante.

8. Finalmente, le llevó mucho tiempo llegar a su hotel... ¡porque no recordaba (la dirección / el sentido)!

Lectura y comprensión

CE 6-14 Saludos desde Galápagos. *Read Eduardo's letter to his grandmother about his first day in the Galápagos Islands, and then answer the questions that follow by circling the most probable response.*

Querida abuela:

Hace menos de 12 horas que mis amigos y yo estamos en las islas Galápagos y yo ya saqué más de 200 fotos con mi nueva cámara digital. La verdad es que los dos mejores regalos de graduación que recibí son: este viaje —regalo de papá y mamá— y la Canon digital que tú me regalaste. Ahora te voy a contar algunas de las cosas más interesantes que visitamos y vimos hoy.

Llegamos a Galápagos esta mañana, poco antes del mediodía. Volamos primero de Quito a Guayaquil y, después de parar allí unos 40 minutos, seguimos en el mismo avión hasta Baltra, una de las pocas islas Galápagos con aeropuerto. Cruzamos en barco a la isla Santa Cruz y viajamos por autobús hasta el sur de la isla para visitar allí la Estación Científica Charles Darwin, donde se realizan investigaciones biológicas y donde se pueden ver las tortugas más grandes del planeta que desde niño —y mucho antes de saber que me especializaría en biología—, como tú bien lo sabes, siempre he tenido curiosidad por verlas con mis propios ojos. ¡Y esta tarde las vi, abuela! Son realmente gigantes. El guía nos explicó que las tortugas más grandes tienen más de un metro de largo y pesan más de 250 kilos. También dijo que las tortugas gigantes de Galápagos son realmente las más grandes del mundo y pesan más de 400 kilos. En cuanto a edad, se sabe de tortugas que han vivido 150 años y en Galápagos la más antigua debe tener más de 170 años. Está en la Estación Científica, bien cuidada y protegida, y se la conoce con el nombre de «el solitario Jorge». Para que veas que no estoy exagerando, aquí te mando una foto de dos tortugas gigantes que saqué hoy en la Estación Científica y que tal vez sean los padres de algunas de las muchas tortuguitas de un año que también vimos en el mismo lugar. Estas tortugas pequeñas son parte del programa de cría y reproducción porque las especies de tortugas gigantes están en peligro de extinción.

Bueno, abuela, me entusiasmé contándote mi encuentro personal y directo con las famosas tortugas gigantes de Galápagos pero la verdad es que hoy vimos también otras cosas muy interesantes: un increíble bosque *(forest)* de cactus gigantes, muchas aves de tierra, un lago situado detrás de la playa, muchos flamencos rosados ¡y algunas iguanas de tierra! Como sé que te encantan las iguanas, aquí va una foto que saqué especialmente para ti porque, como sabrás, de Galápagos no se puede llevar nada, ¡sólo fotos y lindos recuerdos!

Cariños y besos de tu nieto que te quiere mucho,

Eduardo

Mary McVey Gill

Mary McVey Gill

Vocabulario

pesan *weigh* **cría** *breeding*

1. ¿Cuántas fotos sacó Eduardo durante su primer día en Galápagos?

   a. 200   b. menos de 200   c. más de 200

2. ¿Quién le regaló a Eduardo la cámara digital?

   a. su mamá   b. su abuela   c. su papá

3. ¿Cómo llegaron a las islas Galápagos Eduardo y sus amigos?

   a. por avión   b. por barco   c. por autobús

4. ¿En qué parte de la isla Santa Cruz está la Estación Científica Charles Darwin?

   a. en el norte   b. en el sur   c. en el este

5. ¿Qué profesión tiene Eduardo?

   a. Es guía.   b. Es fotógrafo.   c. Es biólogo.

6. ¿Cuánto pesan las tortugas más grandes del mundo?

   a. más de 400 kilos   b. unos 250 kilos   c. 400 kilos

7. ¿Qué edad aproximada tiene la tortuga gigante más antigua que se conoce?

   a. 150 años   b. más de 170 años   c. más de 250 años

8. ¿Qué es o quién es «el solitario Jorge»?

   a. uno de los amigos de Eduardo   b. el guía de la Estación Científica   c. la tortuga gigante más antigua de Galápagos

9. ¿Qué más vio Eduardo en su primer día en Galápagos?

   a. cactus gigantes   b. iguanas rosadas   c. tortugas acuáticas

10. Según Eduardo, ¿qué animales o aves le gustan mucho a su abuela?

    a. las iguanas   b. las tortugas gigantes   c. los flamencos rosados

Repaso

CE 6-15 ¿Adónde llega? *You are in the Hotel Continental in an unfamiliar city. With the help of the map below, you set out to view the town. Follow the directions and fill in the missing information. (The destination reached at the end of one direction becomes the starting point for the next direction, as shown for number 1.)*

⚜ **MODELO**   Usted está en la puerta del Hotel Continental. Doble a la derecha.
Cruce la Avenida de las Palmas y siga derecho por la calle Irala.
Cruce la Avenida 15 de Agosto. ¿Qué edificio ve en la esquina derecha?
el Palacio de Bellas Artes

1. Ahora usted está en la puerta del Palacio de Bellas Artes. Doble a la izquierda y cruce la Avenida 15 de

 Agosto. ¿Qué edificio ve usted en la esquina? _____.

2. Ahora usted está en la puerta del _____.

 Cruce la calle Irala y siga derecho por la Avenida 15 de Agosto hasta la calle José Martí. Doble a la izquierda

 y camine una cuadra. Cruce la Avenida de las Palmas. ¿Qué edificio ve usted a su derecha? _____

 _____.

3. Ahora usted está en la puerta del _____.

 Cruce la Avenida de las Palmas y camine una cuadra por la calle José Martí. ¿Qué edificio está en la esquina

 izquierda? _____.

4. Ahora usted está en la puerta de la _____.

 Doble a la izquierda y cruce la Avenida 15 de Agosto. ¿Qué edificio está en la esquina? _____

 _____.

5. Ahora usted está en la puerta de la _____.

Cruce la calle José Martí y siga derecho por la Avenida 15 de Agosto. Camine una cuadra y media. ¿Qué

edificio ve usted a su izquierda? _____.

6. Ahora usted está en la puerta del _____,

donde alguien le roba *(steals)* sus cheques de viajero. Doble a la derecha y siga hasta la esquina. Doble a la

izquierda y camine media cuadra por la calle Solís. ¿Qué edificio está a su derecha? _____

_____

7. Ahora usted está en la puerta de la _____

y quiere descansar. Doble a la derecha y camine hasta la esquina. Cruce la calle Solís y siga por la Avenida de las

Palmas hasta la calle Irala. En la esquina opuesta usted va a descansar porque está nuevamente en el _____

_____.

¡A escribir!

CE 6-16 Temas alternativos.   *Choose one of the following topics and write a paragraph about it.*

A. Tarjeta postal.   *You are in another city (not your hometown) traveling. Write a postcard to a Spanish-speaking friend describing the place you are visiting.*

B. Una carta. *A Spanish-speaking friend is planning a trip to your area. Write him or her a short letter with some advice. You might include things to bring, things not to bring, how to get to your house from the airport, or what sites of interest you recommend seeing. Use command forms when possible. (You can use* **Querido(a)** *plus your friend's name at the beginning, after the date, and* **Con cariño** *as a complimentary close.)*

_____

_____

_____

_____

_____

_____

_____

_____

_____

_____

_____

_____

_____

_____

_____

_____

_____

_____

_____

_____

_____

CAPÍTULO 7

Gustos y preferencias

Affirmatives and Negatives

CE 7-1 Preguntas y respuestas breves. *Answer the questions, following the models.*

⚙ **MODELOS**   a. ¿Siempre vienes a estas horas?
No, **nunca vengo a estas horas**.

b. ¿No quieren (ustedes) hacer nada?
Sí, **queremos hacer algo**.

1. ¿Alguien tiene hambre?

No, _____.

2. ¿No cocinas nunca?

Sí, _____.

3. ¿Quieren (ustedes) ir con algún amigo?

No, _____.

4. ¿Alguna vez trató de hablar de esos problemas con alguien?

No, _____.

5. ¿No piensa llevar ni el paraguas ni el impermeable?

Sí, _____.

6. ¿Quieres hacer algo el viernes?

No, _____.

CE 7-2 ¿Realidad o rumor...? *A friend is trying to find out if what he has heard about you and some friends is true. Answer his questions in the negative.*

✿ **MODELO** —Entre tus amigos hay alguien que sabe bailar el tango, ¿no?
—No, entre ellos <u>**no hay nadie que sepa bailar el tango.**</u>

1. —Tú conoces a un músico que compone sus propias canciones, ¿verdad?

—No, _____.

2. —En tu barrio hay un conjunto de jazz que toca toda la noche, ¿no?

—No, en mi barrio _____.

3. —Tienes varias amigas que quieren ser bailarinas, ¿no?

—No, _____.

4. —Estudias con alguien que está enamorado de tu mejor amiga, ¿verdad?

—No, _____.

5. —Cuando tú y tus amigos van al centro, siempre ven algo que quieren comprar, ¿no?

—No, cuando nosotros vamos al centro, _____.

_____.

6. —Tu hermano aún sale con esa chica que escribe cuentos para niños, ¿verdad?

—No, _____.

CE 7-3 De compras vía Internet. *A friend of yours is traveling soon and doesn't have time to go shopping. She asked for your help in searching online for some of the clothing she needs. The illustration on p. 71 depicts what you saw on your screen. Look at what you found and reply to your friend's questions using affirmative or negative words whenever possible. Give extended answers, describing the items as best you can.*

✿ **MODELO** —¿Encontraste algunas faldas largas?
—**No, no encontré ninguna falda larga, pero vi una falda corta de seda** *(silk)*, **muy linda. Creo que te va a encantar ¡y también te va a quedar muy bien!**

1. —¿Viste algún vestido elegante?

— _____.

_____.

_____.

2. —¿Encontraste blusas o tops de verano? _____.

_____.

_____.

MODA Y ELEGANCIA

1. Blusa de verano,
   varios colores, $29.

2. Pantalón vaquero,
   azul o negro, $34.

3. Zapatos cómodos,
   sólo en negro, $39.

4. Bolso de cuero,
   sólo en negro, $31.

5. Chaqueta deportiva,
   varios colores, $48.

6. Vestido largo de
   poliéster, rojo
   o negro, $89.

7. Cinturones de cuero,
   varios estilos, $19.

8. Top de seda, azul
   o beige, $32.

9. Sandalias elegantes,
   beige o negro, $35.

10. Falda de seda,
    varios diseños, $95.

3. —¿Viste zapatos cómodos?

— _____ .

_____ .

_____ .

4. —¿Encontraste algunas chaquetas ligeras?

— _____ ..

_____ .

_____ .

5. ¿Viste algunos pantalones blancos?

— _____.

_____..

_____..

6. —¿Encontraste algunos accesorios (cinturones, bolsos, sombreros, etcétera) bonitos y relativamente baratos...?

— _____.

_____.

_____.

Gustar, Faltar, and Similar Verbs

CE 7-4 Sobre gustos musicales...   *Marisa, an exchange student from Perú, is telling her roommate about the kinds of music she and the people she knows like the most, and why. Looking at and deducing from the illustration below, form sentences with the elements given and the present tense of* **gustar** *or* **encantar**. *Follow the model.*

❀ **MODELO**   mi hermana mayor / boleros / porque...
A mi hermana mayor le gustan (encantan) los boleros porque son románticos y tienen letras muy poéticas.

¿DE LA SIGUIENTE RELACION, QUE GENEROS MUSICALES ESCUCHAS HABITUALMENTE?

Debate, Vol. 16, no. 74, Lima, Perú. Permission by José San Martín Escobar.

1. muchos de mis amigos / salsa / porque...

_____

_____

2. yo / rock / porque...

_____

_____

3. mis padres / merengue / porque...

_____

_____

4. tío José / música clásica / porque...

_____

_____

5. mi primo Jorge / rap / porque...

_____

_____

6. mi hermano menor y sus amigos / la música reggae / porque...

_____

_____

7. mi profesora de piano / jazz y boleros / porque...

_____

_____

8. mi mejor amiga y yo / rock y salsa / porque...

_____

_____

CE 7-5 Completar ideas... *Complete the following phrases with a verb from row A and a subject from row B. Use each verb and subject only once.*

A. gustar, interesar, faltar, quedar bien, importar, encantar

B. las verduras, esa chaqueta, azúcar, los frijoles, la ópera, mis notas, ese suéter, los boleros, sal

✹ **MODELO**   A Jorge **le interesa la ópera**.

1. No haremos postre porque _____.

2. A Raquel no _____.

3. A mis padres _____.

4. Soy vegetariano _____.

5. No _____. No la compres, Ana.

The Subjunctive in Descriptions of the Unknown or Indefinite

CE 7-6 La novia ideal. *Complete the following dialogue between Jorge and Pablo with the correct forms of the verbs in parentheses. (Note: Some answers require the subjunctive, and some the indicative.)*

✹ **MODELO**   Jorge: ¿Tienes novia, Pablo?
               Pablo: No, no hay nadie que me **quiera** (querer).

Jorge: ¡Qué tontería! *(What nonsense!)* Conozco a alguien que 1. _____(estar)

          enamorada de ti.

Pablo: ¿Hablas de Marisa, la muchacha que 2. _____(tener) diez años

          más que yo?

Jorge: ¡Qué importa la edad! Marisa es una persona que tiene muy buen gusto y que

          3. _____(saber) disfrutar de la vida. Además, ella

          4. _____ (poder) cocinar los platos más exóticos. ¿Qué más quieres?

Pablo: Mi ideal de mujer es muy diferente. Necesito una muchacha que

          5. _____(ser) comprensiva y que 6. _____(saber)

          algo de literatura, de música... Busco a alguien que 7. _____(pensar)

          y 8. _____(sentir) como yo.

Jorge: ¡No existe nadie que 9. _____ (tener) tus ideas, amigo! ¡Eres un

          romántico!

CE 7-7 No, no y no... *Answer the questions in the negative, using the cues provided. Replace the underlined words as necessary and delete the personal* **a** *if it is not needed.*

⚙ **MODELO** ¿Quieres **el** vestido que cuesta $200,00? (menos)
No, quiero un vestido que cueste menos.

1. ¿Prefieren ustedes <u>la</u> ensalada que tiene <u>verduras y frutas</u>?
   (sólo verduras)

   _____

2. ¿Necesita José <u>al</u> secretario que sabe <u>francés y alemán</u>?
   (italiano y español)

   _____

3. ¿Busca usted <u>la</u> blusa que va con <u>esa falda</u>?
   (estos pantalones)

   _____

4. ¿Prefieres tú <u>el</u> abrigo que tiene <u>cuatro bolsillos</u> *(pockets)*?
   (dos bolsillos)

   _____

5. ¿Desean ustedes ir <u>al</u> restaurante donde siempre hay <u>mucha gente</u>?
   (poca gente)

   _____

The Subjunctive with Certain Adverbial Conjunctions

CE 7-8 Combine las frases. *Combine the sentences, using the cues in parentheses.*

⚙ **MODELO** No queremos ver ese espectáculo. Ustedes pagan las entradas.
(a menos que)
No queremos ver ese espectáculo a menos que ustedes paguen las entradas.

1. Alberto te prepara platos especiales. Tú estás loca por él.
   (para que)

   _____

   _____

2. Puede llevar mi guitarra. Usted tiene ganas de tocar en la fiesta.
   (en caso de que)

   _____

   _____

3. Vas a ir a jugar con tu amiga Susanita. Primero pruebas la sopa.
(con tal que)

_____

_____

4. Elena no piensa salir con Roberto. Yo voy con ellos.
(a menos que)

_____

_____

5. Generalmente no vamos al teatro. Pedro y Lucía vienen con nosotros.
(sin que)

_____

_____

CE 7-9 Minidiálogos. _Complete the minidialogues using appropriate phrases from the list and the correct form of the verbs in parentheses. Use each word or phrase only once._

cuando   en cuanto   después de que   hasta que   tan pronto como

⚜ **MODELO**   —¿Por qué no comes?
                 —Porque pienso comer **cuando venga** (venir) Juan.

1. —¿Vas a comprar ese chaleco que te probaste ayer?

—Sí, me queda muy bien. Lo pienso comprar _____(tener) el dinero.

2. —¿Ponemos un poco de música?

—Buena idea, pero esperemos _____(acostarse) los niños.

3. —¿Ya llamaste a Rosa?

—Sí, la llamé anoche _____(tú) (acostarse).

4. —Mira esos pantalones. Son elegantes y están muy de moda. Pruébatelos.

—Tienes razón. Me los pruebo _____(terminar) de probarme esta falda.

5. —¿Quieres salir a cenar?

—No, gracias, ya cené. Es que tenía tanta hambre _____(llegar) del trabajo que comí todo lo que encontré en el refrigerador.

CE 7-10 Frases y más frases... *Create six sentences by combining elements from each of the three columns. Conjugate the verbs given in infinitives when necessary.*

✿ **MODELOS**   a. **Usted comió después que ella llamó.**

b. **Voy a estar en casa hasta que ellos duerman.**

Usted comió	aunque	tener hambre
Siempre llegamos	para que	ella llamar
Saliste	después que	ellos dormir
Voy a estar en casa	cuando	usted venir
Aquí está el dinero	antes que	José pagar la cuenta
Él no va a comer nada	hasta que	tú comprar los dulces

1. _____

2. _____

3. _____

4. _____

5. _____

6. _____

Vocabulario

CE 7-11 ¿Fruta, verdura o...? *Match each of the items in Columns A and B with the appropriate classification in Column C.*

A	B	C
1. _____ la papa	7. _____ los camarones	a. las frutas
2. _____ el pollo	8. _____ el limón	b. las verduras
3. _____ el tomate	9. _____ el vino	c. las bebidas
4. _____ la naranja	10. _____ el helado	d. las carnes
5. _____ las almejas	11. _____ el jamón	e. los mariscos
6. _____ los dulces	12. _____ el jugo	f. los postres

Lectura y comprensión

CE 7-12 Rubén Blades, hombre de muchos talentos... *Read the following account of Ruben Blades' many talents, and then respond to the questions on page 79 by circling the correct or most probable answers.*

Cantante, autor, actor y político, Rubén Blades nació el 16 de julio de 1948 en la capital de Panamá. Su madre, nacida en Cuba, cantaba y tocaba el piano. Su padre, colombiano, fue primero jockey, luego jugador de baloncesto, después detective, pero siempre se dedicó también a la música y en particular a la percusión. Aunque su familia era relativamente pobre, el cantante creció y se formó en un ambiente artístico y de ideas avanzadas: a los 4 años ya sabía leer y escribir gracias a su abuela, feminista temprana que ya en aquella época practicaba yoga y meditación; y a los 6 años ganó un concurso de cuentos para niños de la escuela primaria y desde entonces no ha dejado de escribir.

Durante su adolescencia, los problemas económicos de la familia empeoraron y al mismo tiempo la situación política panameña con respecto a Estados Unidos, específicamente por el tema del Canal de Panamá, estaba cada vez más difícil. Sin embargo, los gustos del adolescente Rubén Blades eran pro-norteamericanos; le encantaba el rock and roll y le gustaba todo lo relacionado con la cultura yanqui de esos años. Lo que muy pronto despertó su conciencia política fueron los eventos de enero de 1964 cuando soldados de Estados Unidos no permitieron que se levantara la bandera de Panamá en una escuela secundaria de la zona del canal. Los estudiantes protestaron y se enfrentaron con los soldados norteamericanos. Hubo más de 20 civiles muertos y cientos de heridos como consecuencia de ese enfrentamiento. Poco tiempo después, el joven Rubén completó sus estudios secundarios y se matriculó en la Facultad de Derecho y Ciencias Políticas de la Universidad Nacional de Panamá, graduándose con el título de abogado en 1974. Once años después recibiría también su título de maestría de Harvard Law Graduate School.

Por razones políticas y porque no quería ser abogado bajo una dictadura, decidió dejar su país y marcharse a Miami con su familia. Allí, en Miami primero y en Nueva York después, su afición por la música —que empezó desde muy joven— lo llevó a buscar y a encontrar contactos importantes en el ambiente musical, especialmente entre los músicos y grupos de salsa. Y su éxito se inició en 1977 con la aparición de su primer álbum —en co-autoría con Willie Colón— titulado *Metiendo mano*, donde se destacan dos canciones suyas que tuvieron un gran impacto especialmente entre los aficionados a la salsa. Hasta el presente ha grabado más de 20 álbumes como solista y ha ganado 6 premios Grammy. En 1980 Rubén descubrió el mundo del cine y se inauguró como actor tres años después, en una película titulada *The Last Fight*, donde hizo el papel de boxeador-cantante, ¡lo que luego lo ayudó a vender más discos! Desde entonces ha participado como actor en más de 25 películas que incluyen *Crossover Dreams* (1985), *The Milagro Beanfield War* (1988), *Cradle Will Rock* (1999) y *Secuestro Express* (2005), y en varias para Cable televisión de Estados Unidos, entre ellas *Dead Man Out* (HBO, 1989), ganadora del premio ACE.

En 1994 Rubén Blades participó en las elecciones de su país como candidato a presidente y aunque no ganó las elecciones, su partido ocupó el tercer lugar entre 27 partidos políticos. Entre 2004 y 2009 fue Ministro de Turismo durante el gobierno del Presidente Martín Torrijos, a quien apoyó en las elecciones. Actualmente sigue desarrollando sus múltiples talentos como cantautor, actor y político dedicado al servicio público.

Vocabulario

se enfrentaron	*confronted*	**afición**	*inclination*		
aparición	*appearance*	**ha grabado**	*has recorded*	**cantautor**	*singer-songwriter*

1. ¿De qué nacionalidad es Rubén Blades?

    a. cubano   b. colombiano   c. panameño

2. ¿Dónde nació su padre?

    a. en Cuba   b. en Colombia   c. en Panamá

3. ¿Quiénes son cantantes en su familia nuclear?

    a. él y su madre   b. él y su padre   c. sus padres

4. ¿Qué ganó Rubén Blades cuando era niño?

    a. un concurso de canto   b. un concurso de cuentos   c. un concurso de poesía

5. ¿Cuándo se despertó la conciencia política del joven Blades?

    a. antes de 1964   b. en 1964   c. después de 1964

6. ¿Cuántos muertos dejó el enfrentamiento entre estudiantes y soldados norteamericanos de enero de 1964?

    a. más de 20   b. unos 20   c. menos de 20

7. ¿Cuándo recibió Blades su título de maestría de Harvard Law Graduate School?

    a. en 1974   b. en 1985   c. en 1994

8. ¿En qué año apareció su primer álbum musical en co-autoría con Willie Colon?

    a. en 1974   b. en 1977   c. en 1983

9. ¿Aproximadamente en cuántas películas ha actuado Rubén Blades?

    a. en más de 25   b. en unas 20   c. en menos de 25

10. ¿En qué año participó Blades como candidato a presidente de Panamá?

    a. en 1964   b. en 1994   c. en 2000

CE 7-13 Confesiones de un camarero. *Complete the following paragraph with appropriate words from the word bank below. Each word should be used only once.*

tratan	cocinar	hambre	sed	suave	descuento
sabroso	cuidado	usar	probar	fuerte	ganas

Cuando uno trabaja como camarero, es fácil formarse una idea un poco negativa de la naturaleza humana,

y por eso hace mucho que yo tengo (1) _____ de cambiar de profesión. Muchas

veces los clientes me tratan mal y entonces para mí es muy difícil ser cortés con ellos. Hay gente que tiene

mucha (2) _____ y quiere comer en seguida. Sin embargo, pide una comida

complicada y luego se queja de que el plato (3) _____ está frío o picante ¡o muy (4)

_____! Hay otras personas que tienen mucha (5) _____

pero en vez de tomar agua, piden bebidas alcohólicas y terminan borrachos. Con estos clientes es necesario

tener (6) _____ porque a los borrachos les puede molestar cualquier cosa. Además, no hay muchos turistas que quieran (7) _____ los platos típicos de nuestro país; algunos me gritan cuando les digo que no servimos «perros calientes». También hay personas deshonestas que (8) _____ de robar una cucharita *(small spoon)* o un tenedor *(fork)*. Cuando las veo, me dicen que esa es una forma de conseguir un pequeño (9) _____ porque nuestros precios son muy altos, y yo simplemente me río. ¿Por qué? Porque el cliente puede ser insolente, descortés o deshonesto, pero para un camarero, **¡el cliente siempre tiene razón!**

¡A escribir!

CE 7-14 Temas alternativos. *Choose one of the following topics and write a paragraph about it.*

A. Una canción para el recuerdo (olvido)... *Describe a song that you really like or dislike, and include the type of music it is. Tell why you like (dislike) it so much, and explain when you heard it for the first time, how old you were, where you were, with whom, and so on.*

B. Un plato que me gusta mucho. *Describe a dish that you like very much and tell when you had it or tasted it for the first time. Include a list of the ingredients and explain how to prepare it. You may need to consult a dictionary.*

_____

_____

_____

_____

_____

_____

_____

_____

_____

_____

_____

_____

_____

_____

_____

CAPÍTULO **8**

Dimensiones culturales

The Reflexive (2)

CE 8-1 Un día inolvidable. *Complete the story with the appropriate forms of the verbs in parentheses to find out why Pedro will never forget the day he married Isabel.*

Yo 1. _____ (levantarse) a las 7:30. Papá y mamá 2. _____

(despertarse) un poco después, pero los tres 3. _____ (desayunarse) juntos a eso de las 8:00.

En cinco minutos papá terminó su jugo de naranja, sus huevos fritos y su café. «Apúrate *(Hurry up)* porque es

tarde», le dijo a mamá, y (él) 4. _____ (levantarse) y 5. _____ (ir)

al baño. Mamá miró el reloj y cuando 6. _____ (darse cuenta) de la hora, corrió a su cuarto.

Los dos 7. _____ (vestirse) más rápido que nunca, me 8. _____

(decir) «Hasta prontito» y 9. _____(ir) al trabajo..., ¿al trabajo?... «Pero si hoy es sábado...»,

pensé. Me sorprendió verlos tan apurados *(in such a hurry)* y (yo) 10. _____ (preguntarse)

qué pasaba... Tomé dos aspirinas porque tenía un dolor de cabeza *(headache)* terrible. No eran las 10:00 cuando

vi que mis padres ¡y mis suegros *(parents-in-law)*! entraban en la casa...

—Supimos que anoche tú 11. _____ (divertirse) mucho, me dijo mi suegro.

—¿Qué? ¿anoche? ¿dónde?..., 12. _____ (quejarse) yo.

—¡Anoche (tú) 13. _____(reunirse) con tus amigos para celebrar tu último día de

soltero!, dijo mamá.

—¡Qué!, ¿qué día es hoy?, pregunté.

—¡Domingo, Pedro! ¿O es que tú 14. _____ (olvidarse) de que hoy te casas con

Isabel?, comentó mi suegra.

—Pensé que era sábado, dije y 15. _____ (ponerse) rojo. En ese momento llamó Isabel.

«No 16. _____ (dormir) anoche pensando en nuestro día», le dije. Como era obvio que

no decía la verdad, todos me miraron y 17. _____ (reírse). De repente *(Suddenly)* yo 18.

_____ (sentirse) horrible. Mis padres y mis suegros 19. _____

(darse cuenta) que yo estaba incómodo y 20. _____ (callarse). «No te preocupes, mi hijo»,

me dijo mamá. Y agregó *(she added)*: «A veces es lindo poder acordarse de alguna mentira *(lie)* inocente». Tenía

razón, siempre que recuerdo aquel día, 21. _____ (reírse) sin darme cuenta...

CE 8-2 La importancia de un pronombre... *Complete the sentences below by adding the appropriate reflexive pronouns when needed. Put an X in the bank if the pronoun is not needed. Follow the models.*

✹ **MODELOS**   a. Nosotros **nos** reunimos aquí todos los fines de semana.

                       b. Ayer mi jefe ___X___ despidió a su secretario.

1. Estoy enfermo y por eso _____ quedé en casa hoy.

2. En general, ¿a qué hora _____ despiertan ustedes a los niños?

3. La semana pasada _____ encontré diez dólares en la calle.

4. La mayoría de mis primos _____ hicieron médicos o dentistas.

5. ¿Cuándo _____ llamó Rosa?

6. Se levantó y _____ vistió a su hija en menos de diez minutos.

7. Alguien _____ preguntó por usted esta mañana.

8. Estoy segura que tú _____ vas a poner rojo cuando ella te bese.

9. ¿Por qué _____ irían ellos sin despedirse?

10. Nosotros _____ enojamos con Carolina.

CE 8-3 Historia de una vida.   *Look at the drawings and write a paragraph about the life of José Rodríguez using as many reflexive constructions as possible. Possible reflexive verbs to choose from:* **casarse, enamorarse, enfermarse, graduarse, hacerse, llamarse, morirse, ponerse, preguntarse, preocuparse, quejarse, reunirse.**

_____

_____

_____

_____

_____

_____

_____

_____

_____

_____

_____

_____

_____

_____

_____

The Reflexive with Commands

CE 8-4 Órdenes varias... *Change the infinitive phrases into affirmative or negative* **usted, ustedes, tú,** *or* **nosotros** *commands, as suggested by the cues. Follow the models.*

✹ **MODELOS**
    a. no ponerse nervioso / usted   **No se ponga nervioso.**

    b. reunirse aquí / ustedes   **Reúnanse aquí.**

    c. no irse / tú   **No te vayas.**

    d. vestirse / nosotros   **Vistámonos.**

1. no preocuparse por eso / usted _____.

2. acordarse de mí / usted _____.

3. no despedirse todavía / usted _____.

4. levantarse temprano / ustedes _____.

5. no enojarse / ustedes _____.

6. no quejarse de la comida / tú _____.

7. callarse, por favor / tú _____.

8. dormirse / tú _____.

9. quedarse unos minutos más / nosotros _____.

10. no equivocarse / nosotros _____.

CE 8-5 Órdenes para hoy. *Make negative commands, following the model.*

✹ **MODELO**   Generalmente nos acostamos temprano. (ustedes)
    ¡No se acuesten temprano hoy!

1. Siempre nos reunimos en el parque. (nosotros)

_____

2. Generalmente me visto de azul. (usted)

_____

3. Siempre nos equivocamos. (ustedes)

_____

4. Generalmente me quedo en casa. (usted)

_____

5. Siempre me pongo los zapatos viejos. (tú)

_____

The Reciprocal Reflexive

CE 8-6 ¿Por qué? *Ana and Juan, a very happy couple, and their friend Luis, who is visiting from Chile, are discussing some friends of theirs, who are now divorced. Complete the sentences, following the models, to find out why one couple is happy and the other is separated.*

✿ MODELOS   a. (respetarse) ANA: Ellos no **se respetaban** y nosotros **nos respetamos**.

b. (entenderse) LUIS: Ellos no **se entendían** y ustedes **se entienden**.

1. (quererse)   ANA: Ellos no _____ y nosotros

_____, ¿no?

2. (besarse)   LUIS: Ellos no _____ en público y ustedes

_____ en cualquier parte.

3. (hablarse)   ANA: Ellos no _____ mucho y nosotros

_____ constantemente.

4. (conocerse)   JUAN: Ellos no _____ como nosotros

_____.

5. (ayudarse)   LUIS: Ellos no _____ y ustedes

_____ todo el tiempo.

6. (comprenderse) ANA: Ellos no _____ como nosotros

_____.

7. (insultarse)   JUAN: Ellos _____ pero nosotros no

_____ nunca.

8. (necesitarse)   LUIS: Ellos no _____ pero ustedes

_____ el uno al otro.

The Impersonal *Se*

CE 8-7 Minidiálogos impersonales.   *Answer the following questions using the impersonal* **se**.

✿ **MODELOS**   a. —¿Creen que ellos tienen raíces hispanas?
                       —Sí, **se cree que ellos tienen raíces hispanas.**

                   b. —¿No saben si eso es verdad?
                       —No, **no se sabe si eso es verdad**.

1. —¿Hablan de desarrollo económico en ese programa?

   —Sí, _____.

2. —¿No permiten ver televisión después de medianoche?

   —No, _____.

3. —¿Trabajan mucho en esta clase?

   —Sí, _____.

4. —¿Comen bien aquí?

   —Sí, _____.

5. —¿No pueden ir allí sin corbata?

   —No, _____.

6. —¿Dicen que el director contribuye mucho?

   —Sí, _____.

The *Se* for Passive

CE 8-8 ¿Un país ideal...?   *Using the* **se** *form, create sentences from the infinitive phrases given and see whether* **Tierradenadie** *might be your ideal kind of place. Follow the models.*

✿ **MODELOS**   En Tierradenadie...

                   a. hablar diez lenguas   **Se hablan diez lenguas.**

                   b. no comer carne   **No se come carne.**

1. producir muchos vegetales

_____

2. necesitar estudiantes y profesores de español

_____

3. no oír música clásica

_____

4. no tomar agua sino Coca-Cola

_____

5. ver videos todo el día

_____

6. no practicar ninguna religión

_____

7. buscar presidente(a) joven y dinámico(a)

_____

8. no leer _The New York Times_

_____

9. encontrar las frutas más deliciosas

_____

10. no pagar matrícula porque... ¡la universidad es gratis!

_____

CE 8-9 ¡Qué mala suerte! _The Benítez family is having a day of accidents and bad luck. Tell what happened to them, using the_ **se** _form to emphasize the accidental nature of the problem._

⚙ **MODELO**   Mi hermano y yo rompimos el televisor.
                    Se nos rompió el televisor.

1. Tú perdiste las llaves del auto.

_____

2. Marisa rompió los platos.

_____

3. Papá y mamá olvidaron el cumpleaños de la abuela.

_____

4. Terminamos el vino.

_____

5. Jorge perdió la carta de su novia.

_____

Vocabulario

CE 8-10 La colonización española. *Read the following sentences and circle the appropriate verbs to complete the comments on the Spanish colonization of the New World.*

1. En el siglo XVI, los españoles (realizaron / se dieron cuenta de) descubrimientos geográficos que cambiaron por completo las ideas que la gente tenía de la tierra y sus habitantes.

2. Muchos españoles se (hicieron / pusieron) soldados y exploradores.

3. Entre ellos estaba Hernán Cortés, un hombre relativamente culto *(cultured)* que (despidió a / se despidió de) sus amigos y familiares y partió para el Nuevo Mundo.

4. En México él (se encontró / se reunió) con una gran sorpresa: Tenochtitlán, la capital de los aztecas, era una ciudad impresionante.

5. Al principio los indígenas se (hicieron / pusieron) contentos porque creían que esos hombres montados a caballo eran dioses.

6. Luego (realizaron / se dieron cuenta de) que los españoles eran hombres —no dioses— y que tenían todos los defectos humanos.

7. Cortés y sus compañeros se (hicieron / pusieron) muy ricos, pero muchos de ellos sufrieron una muerte prematura y violenta.

8. Siglos más tarde, la gente (realizó / se dio cuenta de) que el arma más importante de la conquista había sido el microbio porque el sarampión *(measles)* y el resfriado *(common cold)* mataron a miles de indígenas.

Lectura y comprensión

CE 8-11 Atahualpa, último emperador inca. *Read the following account of the last days of Atahualpa (or Atabaliba), the last Inca emperor, and then complete the statements that follow by circling the correct or most probable answers.*

El romance que sigue está inspirado en hechos relacionados con la conquista del imperio de los incas, iniciada en 1532 cuando Francisco Pizarro invadió esa región. Poco tiempo después de invadir el territorio incaico, Pizarro mandó arrestar a Atahualpa o Atabaliba, el último emperador inca, y luego lo mandó matar. Según la historia, Atahualpa trató de comprar su libertad ofreciéndole a Pizarro llenar su prisión de oro y plata. Aparentemente este aceptó la oferta y Atahualpa cumplió su promesa, pero igual fue ejecutado por orden del conquistador en 1533. Una versión poética de esos eventos es la que está narrada en…

> **El rescate de Atahualpa**
>
> Atabaliba está preso,
>
> está preso en su prisión;
> juntando está los tesoros
> que ha de dar al español.
> No cuenta como el cristiano,
> sino en cuentas de algodón.

El algodón se le acaba,
pero los tesoros, no.
Los indios que se los traen
le hacen la relación.
—«Este metal es la plata
que al Potosí se arrancó.
Este metal es el oro
del santo templo del sol.
Estas las perlas que el mar
en la playa vomitó.
Estas las piedras, esmeraldas
que el reino de Quito dio.
Estos bermejor rubíes…»
—«Estos no los quiero yo,
que son las gotas de sangre
que mi hermano derramó».

Vocabulario

romance	balada	**bermejos**	muy rojos
preso	prisionero	**derramó**	*spilled*
en cuentas de		**rescate**	*ransom*
algodón	*using (bales of) cotton to keep count*	**cristiano**	europeo, español
relación	relato, cuento	**gotas**	*drops*
al Potosí se arrancó	*was extracted from Cerro Potosí (in what is now Bolivia)*		

1. «El rescate de Atahualpa» se relaciona con la caída del imperio de los…

   a. mayas.　　　　　　b. incas.　　　　　　c. aztecas.

2. Otro nombre para el emperador Atahualpa era…

   a. Atabaliba.　　　　b. Pizarro.　　　　　c. Potosí.

3. La conquista del imperio de los incas empezó…

   a. en 1500.　　　　　b. en 1532.　　　　　c. en 1533.

4. Atahualpa fue ejecutado por orden de Pizarro…

   a. en 1500.　　　　　b. en 1532.　　　　　c. en 1533.

5. En los primeros versos del poema, Atahualpa está en…

   a. su casa.　　　　　b. una prisión.　　　　c. un templo.

6. Para comprar su libertad y salir de la prisión, los indios le traen oro, plata, perlas y esmeraldas a…

   a. Atahualpa.　　　　b. Pizarro.　　　　　c. Potosí.

7. Los indios traen la plata de un cerro (*hill*) rico en minerales, llamado…

   a. Quito.　　　　　　b. Potosí.　　　　　c. Atabaliba.

8. El oro que le traen los indios a Atahualpa es…

   a. del reino de Quito.　　b. del templo del sol.　　c. del mar.

9. Atahualpa no acepta uno de los tesoros que le traen los indios y son…

    a. los rubíes.   b. las esmeraldas.   c. las perlas.

10. El emperador rechaza (*rejects*) los rubíes porque asocia su color con la sangre de…

    a. los cristianos.   b. su pueblo.   c. los conquistadores.

Repaso

CE 8-12 Frases equivalentes. *Rewrite the following sentences using a construction with* **se.** *Follow the models.*

❋ **MODELOS**
    a. Marta rompió un plato.   **Se le rompió un plato (a Marta).**

                  b. Dicen que allí no hay niños.   **Se dice que allí no hay niños.**

                  c. Liz mira a Leo y Leo mira a Liz.   **Liz y Leo se miran.**

1. Creen que los mayas inventaron el concepto del cero.

_____

2. Tú perdiste las llaves del auto.

_____

3. Hacen guitarras muy buenas en España.

_____

4. Pedro quiere a Marta y Marta quiere a Pedro.

_____

5. En Perú bailan la criolla y la chicha.

_____

6. Producen mucho café en Colombia y en Brasil.

_____

7. Mario necesita a María y María necesita a Mario.

_____

8. ¡Ustedes olvidaron el día de mi santo!

_____

CE 8-13 Receta para preparar sangría. *Complete the sentences, following the model; then follow the recipe for a delicious sangría that serves fifteen to twenty people.*

✿ **MODELO**   **Se empieza**   (empezar) la preparación unas seis horas antes de la fiesta.

1. _____ (lavar) todas las frutas: dos manzanas, dos naranjas, un limón.

2. _____ (cortar) las frutas en pedazos *(pieces)* pequeños.

3. _____ (poner) toda la fruta cortada en un recipiente *(container)* grande.

4. _____ (agregar) *(add)* dos litros de vino tinto, dos litros de *Seven-Up* y un litro de jugo de naranja.

5. _____ (revolver) *(stir)* todo con una cuchara *(spoon)* grande.

6. _____ (poner) la bebida en el refrigerador o agregar hielo *(ice)* en el recipiente.

7. _____ (servir) esta sangría deliciosa a todos los presentes.

CE 8-14 ¿Verdadero o falso? *For each of the following statements, circle* **V** (**verdadero**) *if the statement is true and* **F** (**falso**) *if it is false.*

✿ **MODELO**   En el mundo hispano hay una gran variedad de razas y culturas.
                (Ⓥ F)

1. La papa es una contribución árabe a la cultura hispánica. (V   F)

2. Muchos alimentos, como el tomate y el cacao, vinieron de África. (V   F)

3. Los españoles introdujeron el concepto del cero en América. (V   F)

4. En Centroamérica los españoles se encontraron con tres civilizaciones indígenas: la maya, la azteca y la inca. (V   F)

5. Los incas sabían mucho de medicina. Incluso hacían operaciones delicadas. (V   F)

6. En el mundo hispano hay una gran variedad de razas y culturas. (V   F)

¡A escribir!

CE 8-15 Temas alternativos. *Choose one of the following topics and write a paragraph about it.*

A. Un día en mi vida. *Describe what you did yesterday, from the moment you woke up in the morning until you went to bed at night. Use at least eight different verbs from the following list:*

acostarse	despertarse	lavarse	reunirse
desayunar(se)	dormir	levantarse	saludar
despedirse	ir (se)	ponerse	vestirse

B. «Tierraperfecta», un país ideal. *Describe the ideal country, using at least eight constructions with* **se.** *What would it be like in Tierraperfecta?*

✻ **MODELO**   En Tierraperfecta no se dan exámenes...

_____

_____

_____

_____

_____

_____

_____

_____

_____

_____

_____

_____

_____

_____

_____

_____

_____

_____

_____

_____

_____

_____

_____

_____

CAPÍTULO 9

Un planeta para todos

The Imperfect Subjunctive

CE 9-1 La Reserva de la Biosfera del Manu. *Claudia is telling a friend about a recent trip. Complete their conversation with the appropriate past forms (subjunctive or indicative) of the verbs in parentheses.*

Shutterstock © agap

CLAUDIA: ¿Sabes que (nosotros) 1. _____ (ir) a la Reserva de la Biosfera del Manu el mes pasado?

JUAN: ¿Ah sí? ¡Qué interesante! ¿Y qué tal les fue? Estoy seguro de que allí (ustedes)

2. _____ (ver) plantas y animales exóticos, ¿no?

CLAUDIA: Sí, tuvimos un guía con mucha experiencia. Sólo que era muy estricto. Insistió en que (nosotros)

3. _____ (quedarse) en los senderos *(paths)*. No quería que

4. _____ (hablar) en voz alta. Y cuando íbamos en canoa, prohibió que los

niños 5. _____ (poner) las manos o los pies en el agua. Yo pensaba que eso

no 6. _____ (tener) sentido hasta que nos 7. _____

(explicar) que había pirañas en el agua.

JUAN: ¿Pirañas? ¡Huy! ¡Dios mío! Me imagino que los niños 8. _____ (seguir) sus

consejos... ¿Vieron algún caimán?

CLAUDIA: Sí, ¡dos!, y vimos un jaguar y muchas especies de pájaros y mariposas.

JUAN: ¿Y qué tal el tiempo?

CLAUDIA: Muy bueno. Nos alegramos mucho de que no 9. _____ (llover); en eso

tuvimos mucha suerte.

JUAN: No dudo que lo 10. _____ (pasar) muy bien. ¡Cómo me gustaría ir allí a mí

también! Algún día, quizás...

CE 9-2 ¡Por favor, mamá!   *At camp, Alicia is telling her friend Luisa why her very protective mother did not want her to go camping. Complete the sentences with the imperfect subjunctive or indicative of the verbs in parentheses to find out the arguments Alicia had to confront.*

✿ **MODELOS:**   a. Mamá temía que **hiciera** (hacer) mucho frío aquí.

b. Sabía que **había** (haber) muchachos en el grupo.

1. Quería que mis hermanos _____ (venir) conmigo.

2. Esperaba que ustedes no _____ (querer) acampar *(to camp)* en un lugar tan alto
de la montaña.

3. Dudaba que yo _____ (cuidarse).

4. Tenía miedo de que yo _____ (caerse) o _____ (tener)
un accidente.

5. Pensaba que uno siempre _____ (lastimarse) en las montañas.

6. Creía que algo malo _____ (poder) pasarnos.

7. No le gustaba que tú y yo _____ (estar) aquí con muchachos que ella no conoce.

8. Insistió en que yo _____ (traer) un abrigo y muchas medicinas.

9. Ella estaba segura de que (yo) _____ (ir) a necesitarlos.

10. Finalmente me pidió que _____ (volver) lo antes posible. ¿Te imaginas?
¡Pero así es mamá...!

CE 9-3 Del presente al pasado. *Change the following sentences to the past, following the models. Use the imperfect subjunctive or indicative, as appropriate.*

✿ **Modelos**   a. Tengo un amigo que sabe mucho de ecología.
Tenía un amigo que sabía mucho de ecología.

b. No hay nadie aquí que sepa mucho de ecología.
No había nadie aquí que supiera mucho de ecología.

1. Conocemos a alguien que sólo compra envases retornables.

_____

2. Hay gente que nunca piensa en el futuro.

_____

3. ¿Necesitas algo que te calme los nervios?

_____

4. Buscan al guía que trabaja en «Ecoturismo tropical».

_____

5. ¿Quieres un suéter en caso de que haga fresco?

_____

6. No conozco a nadie que se cuide tanto como ella.

_____

CE 9-4 Superverde. *According to the advertisements, the new all-organic miracle plant food* **Superverde** *will do wonders for any garden. Write six sentences about Don Ingenuo, who bought some for his fruits, vegetables, and flowers. Use your imagination and the following expressions:*

Compró Superverde porque...   Temía que Superverde...
Por fin decidió que Superverde...   Usó Superverde hasta que...
Se alegraba de que Superverde...

_____

_____

_____

_____

_____

_____

If Clauses (1)

CE 9-5 Consejos de un hijo fanático. *Roberto is majoring in environmental science in college; when he comes home for the holidays he gives his family a lot of advice. To find out what he says, form sentences with if clauses, following the model.*

⚙ **MODELOS**   manejar menos / no contaminar tanto el aire
Si manejaran menos, no contaminarían tanto el aire.

1. usar más transporte público / proteger el medio ambiente

   _____

2. hacer *car pools* / no gastar tanto en gasolina

   _____

3. caminar más / sentirse mucho mejor

   _____

4. reciclar los periódicos / no colaborar en la destrucción de tantos árboles

   _____

5. no prender *(turn on)* el aire acondicionado / conservar energía

   _____

6. apagar las luces al salir de una habitación / ahorrar dinero

   _____

7. tener una huerta / comer frutas y verduras frescas

   _____

8. comer más frutas y verduras / probablemente vivir más

   _____

9. plantar árboles en el patio / tener sombra *(shade)* en el verano

   _____

10. y / seguir mis consejos / ¡ayudar a mejorar la salud de nuestro planeta!

   _____

CE 9-6 Ideas sueltas...   *Complete the sentences with the correct forms of the verbs in parentheses.*

✿ **MODELOS**   a. Mis primos hablan como si **fueran** (ser) ecólogos profesionales.

b. Iré al centro de reciclaje si **tengo** (tener) tiempo.

1. Yo te acompañaría con gusto si (tú) _____ (querer) ir allí a reciclar tus periódicos.

2. Si nuestros amigos lo desearan, _____ (poder) mejorar el ambiente.

3. Si Luisa _____ (ir) al mercado, estoy seguro de que ella compraría sólo envases retornables.

4. ¿Siempre caminas al trabajo si _____ (hacer) buen tiempo?

5. Mis compañeros de cuarto usan papel como si _____ (tener) una fábrica de papel.

6. José Luis tomó dos litros de agua, ¡como si _____ (acabar) de cruzar el desierto del Sahara!

7. ¿Vivirían tus padres en esta ciudad si el aire no _____ (estar) tan contaminado?

Adverbs

CE 9-7 Entrevista con una estudiante de intercambio.   *Ana María is an exchange student from Uruguay. Her friend Susie has a lot of questions to ask her about South America. Complete the interview with adverbs formed from the adjectives in parentheses.*

✿ **MODELOS**   —¿Te gusta California?
—¡Me encanta! Aquí **sinceramente** (sincero) me siento muy feliz.

1. —¿Qué haces durante tus vacaciones?

—_____ (general) voy a la playa en el verano y al campo en el invierno.

2. —¿Tienen vacaciones en el invierno?

—Sí, pero son _____ (relativo) cortas: _____ (solo) dos o tres semanas en julio.

3. —¿Frío en julio?

—¡Claro! Cuando aquí hace frío, allí hace calor y viceversa. Es _____ (exacto) al revés que en este país.

4. —¿Entiendes todo lo que decimos?

—No siempre. ¡Ustedes hablan muy _____ (rápido)!

5. —¡Ustedes también! ¿Quieres que te hable más _____ (lento)?

—No, a ti te entiendo bien. Tú pronuncias todo _____ y _____ (preciso, cuidadoso).

6. —¿No tienes problemas con tu hermana «yanqui»?

—¡En absoluto! Nos entendemos _____ (perfecto).

7. —¿Sabe español ella?

—Sí, y lo habla _____ y _____ (claro, correcto).

CE 9-8 Complete los párrafos. *Complete the paragraphs with the correct forms of the words in parentheses.*

⚜ **MODELOS**   (mucho) Te aconsejo que lleves **mucha** ropa de invierno porque en este momento allí hace **mucho** frío. Sabes que **muchas** veces se cierran las escuelas porque nieva **mucho**.

1. (bastante)   No se preocupen por nosotros. Tenemos _____ dinero para el viaje y

llevamos _____ cosas para regalar a los amigos. Pensamos

descansar _____, sacar _____ fotos y también

dormir _____.

2. (demasiado) El verano pasado Catalina no fue al campo conmigo. Los muchachos tenían

_____ problemas y dependían _____ de ella.

Como este año ella no tiene _____ responsabilidades, va a ir a las

montañas primero y a visitar a sus padres en el campo después. Necesita un buen descanso.

Trabajó _____ y realmente está _____ cansada.

3. (poco)   Allí hay _____ servicios de salud pública, _____

ayuda económica y _____ trabajo. En general los niños de familias

pobres comen _____ carne y toman _____ leche.

Es lógico entonces que también vivan _____.

The Infinitive

CE 9-9 Frases sinónimas. *Rewrite the sentences with* **al** + *infinitive or* **el** + *infinitive, as appropriate, following the models.*

⚙ **MODELOS**   a. <u>Cuando salí</u>, él entró.
Al salir, él entró.

b. <u>Si uno tira</u> basura en el río, contamina el agua.
El tirar basura en el río, contamina el agua.

1. <u>En cuanto llegó</u>, pidió las semillas y fue a plantarlas.

_____

2. Piensa viajar <u>tan pronto como acaben</u> las clases.

_____

3. <u>Si duermes</u> poco, te puede afectar la memoria.

_____

4. Se fue <u>cuando empezó</u> a llover.

_____

5. <u>Si uno recicla</u> las latas, protege la naturaleza.

_____

6. <u>Luego que bajé</u> del tren me di cuenta de la hora.

_____

CE 9-10 Un viaje de ecoturismo. *Combine the sentences using infinitives and the prepositions given in parentheses. Follow the model.*

⚙ **MODELO**   Varios turistas fueron al Parque Amacayacu. Vieron la flora y la fauna de allí. (para)
Varios turistas fueron al Parque Amacayacu para ver la flora y la fauna de allí.

1. Los turistas visitaron todo el parque. No hicieron mucho ruido. (sin)

_____

2. Caminaron varios kilómetros. Se cansaron. (hasta)

_____

3. Descansaron media hora. Siguieron adelante. (antes de)

_____

4. Estuvieron muy contentos. Vieron pájaros de colores brillantes. (de)

_____

5. Al día siguiente una señora fue al mercado de Leticia. Compró algunos recuerdos. (para)

_____

6. Su esposo no la acompañó. Estuvo muy cansado. (por)

_____

CE 9-11 Más frases sinónimas. _Rewrite the following sentences using the infinitive construction, following the model._

⚙ **MODELO**   Permitieron que ellos volvieran después de medianoche.
                Les permitieron volver después de medianoche.

1. ¿Prohíbes que yo hable del accidente con Pedrito?

_____

2. Mandaron que lleváramos las latas al centro de reciclaje.

_____

3. ¿Mandan que nosotros hagamos eso?

_____

4. No permito que ustedes desperdicien la comida.

_____

5. Prohibimos que nuestra hija tirara envases retornables en la basura.

_____

CE 9-12 Expresiones con acabar. _Substitute the verb_ **acabar** _or an expression with_ **acabar de** + _infinitive for the underlined words or phrases._

⚙ **MODELOS**   a. ¿A qué hora <u>terminan</u> eso?
                    ¿A qué hora acaban eso?

                 b. <u>Hace cinco minutos que compré</u> gasolina.
                    Acabo de comprar gasolina.

1. ¡<u>Hace un minuto que llegamos</u> aquí!

_____

2. Te llamo cuando <u>termine</u> el programa.

_____

3. ¿Es verdad que <u>hace muy poco que volviste</u> de Costa Rica?

_____

4. Fue a la huerta porque se le <u>terminaron</u> los tomates.

_____

5. ¿<u>Hace solo unos minutos que vieron</u> (ustedes) a Susana?

_____

Vocabulario

CE 9-13 Conectando ideas. *Connect the definition or description in the left column with the defined or described word in the right column.*

1. ponerse mejor   a. ambiental

2. lugar para plantar vegetales, por ejemplo   b. una flor

3. algo que tiramos, como restos de comida   c. mejorar

4. el flamingo, por ejemplo   d. un pájaro

5. el jazmín, por ejemplo   e. la huerta

6. relacionado con el ambiente   f. la basura

Lectura y comprensión

CE 9-14 Vacaciones en Puerto Rico. *Read Noemí's letter to her friend Verónica about the latter's visit to Puerto Rico in the very near future, and then answer the questions that follow by circling the correct or most probable response.*

---

21 de mayo de 2010

Querida Verónica:

   Me alegró muchísimo recibir tu carta y saber que pronto vendrás a visitarme y a conocer esta «isla del encanto» que es mi tierra natal. Me dices que llegas a San Juan el 15 de julio y que piensas quedarte hasta el 2 de agosto. ¡Qué suerte! Vas a estar con nosotros más de dos semanas y también estarás aquí para mi cumpleaños, el 22 de julio, justo una semana después de tu llegada.

   Me pides que te dé algunos datos de la historia de Puerto Rico y, para empezar, te cuento algo que te va a sorprender y es que ¡esta isla fue descubierta el mismo día y mes de tu cumpleaños! Sí, Cristóbal Colón la descubrió el 19 de noviembre de 1493. En esa época la isla estaba poblada por unos 60 000 taínos, indígenas pacíficos que se dedicaban a la pesca y a la agricultura.

En cuanto a lugares para visitar durante tu visita ¡hay muchos y pienso acompañarte a todos los que tú quieras! ¿Sabías que actualmente Puerto Rico es la isla del Caribe más visitada por los turistas? Uno de sus grandes atractivos es la capital, San Juan, ciudad que todavía conserva los legados y refleja las influencias de sus antepasados: los españoles, los taínos y los africanos. Entre los monumentos históricos más importantes de la capital se encuentra el castillo del Morro, protagonista de muchas batallas entre españoles e ingleses en los siglos XVI, XVII y XVIII, como también de la guerra hispanoamericana, entre España y Estados Unidos, en 1898, cuando Puerto Rico pasó a formar parte de Estados Unidos.

Recuerdo que tú eres amante de la naturaleza y por eso pienso llevarte al Bosque del Yunque. Allí vas a bañarte en sus cascadas, disfrutar de nuestra artesanía y comer comida típica. Probablemente vas a querer visitar el área central-norte donde está el sistema de cavernas subterráneas más grande del Caribe y de los Estados Unidos. Como sé que te gusta el «surfing», también podríamos ir hacia el oeste donde están las mejores playas para practicar «surfing». Y para sacar las fotos panorámicas más hermosas que te puedas imaginar, tendríamos que ir al sur, sin duda ¡una de las áreas más bellas de todo el Caribe!

Bueno, Verónica, espero que pronto me mandes todos los detalles relacionados con tu llegada —compañía aérea, número de vuelo, hora de llegada…— y estaré esperándote en el aeropuerto, ansiosa de volver a verte ¡después de tanto tiempo!

Cariñosamente,

Noemí

---

1. ¿A qué isla se la conoce como la «Isla del encanto»?

a. a Cuba   b. a Puerto Rico   c. a República Dominicana

2. ¿De dónde es Noemí?

a. de Puerto Rico   b. de Cuba   c. de República Dominicana

3. ¿Cuánto tiempo va a quedarse Verónica en Puerto Rico?

a. 2 semanas   b. más de 2 semanas   c. menos de 2 semanas

4. ¿Cuándo es el cumpleaños de Noemí?

a. el 22 de julio   b. el 2 de agosto   c. el 19 de noviembre

5. ¿Cuándo es el cumpleaños de Verónica?

a. el 22 de julio   b. el 2 de agosto   c. el 19 de noviembre

6. ¿En qué siglo se descubrió Puerto Rico?

a. en el siglo XIV   b. en el siglo XV   c. en el siglo XVI

7. ¿Qué indígenas poblaban Puerto Rico a la llegada de Cristóbal Colón?

a. los aztecas   b. los incas   c. los taínos

8. ¿Cuál es la isla del Caribe más visitada por los turistas?

a. República Dominicana   b. Cuba   c. Puerto Rico

9. ¿Qué hay en el área central-norte?

    a. el Bosque del Yunque   b. las cavernas subterráneas c. el castillo del Morro

10. ¿Dónde se puede ver mucha naturaleza y sacar lindas fotos panorámicas?

    a. en el oeste   b. en el sur   c. en el norte

Repaso

CE 9-15 La respuesta apropiada. *Choose the most appropriate or logical response.*

1. Creo que la explosión demográfica es un problema muy grave.

    a. Sí, hoy día el control de la natalidad es casi una necesidad.

    b. Bueno, los recursos humanos son muy problemáticos.

    c. De acuerdo. Estamos en peligro de extinción.

2. Quisiera ser ecólogo profesional.

    a. Entonces tienes que tener una huerta y cultivar algunas verduras.

    b. Me imagino que vas a seguir cursos de estudios ambientales en la universidad, ¿no?

    c. ¿Ecólogo? ¿Es que vas a hacer ecoturismo?

3. Siempre que sea posible, compro productos con envases retornables.

    a. Lógico, para tener muchas latas en casa.

    b. Buena idea. Pienso que hay que reciclar todo lo posible.

    c. Nosotros también compramos productos orgánicos.

4. La contaminación por el ruido es un gran problema en las ciudades.

    a. Tienes razón. En las ciudades hay basura por todas partes.

    b. Por eso no tomo agua a menos que sea embotellada.

    c. Sí, por eso mucha gente de la ciudad sufre de problemas relacionados con el sueño.

5. Nos aconsejaron que no desperdiciáramos el agua porque ha llovido muy poco este año.

    a. Es que los ríos están muy contaminados en esta zona.

    b. Entonces, la calidad del agua empeoró, ¿no?

    c. Lógico. Hay que decirles a los niños que no dejen correr el agua cuando no la están usando.

6. ¡Uf! ¡Qué contaminado está el aire hoy!

    a. Será por la capa de ozono, que no nos deja respirar.

    b. Sin embargo, ha mejorado la calidad del oxígeno, ¿no?

    c. Entonces hoy los niños no deben salir a jugar afuera.

¡A escribir!

CE 9-16 Temas alternativos. *Choose one of the following topics and write a paragraph about it.*

A. Una tarjeta postal. *Imagine that you are on vacation, enjoying a few days of* ecoturismo *somewhere in Central or South America (Costa Rica, Perú, Ecuador, Venezuela, etc.). Write a postcard to your Spanish teacher, using the following format:*

(lugar y fecha)

Estimado(a) profesor(a):

1. *two or three sentences telling him/her where you are, how long you'll be there, what you have seen so far, and so on*

2. *two or three sentences describing a specific place you've visited that impressed you very much, and why*

3. *a brief comment about the country, the people, and their attitudes toward ecotourism and ecology in general*

[Include the following elements in your postcard: a sentence using **como si** *and another sentence with* **si** *+ the imperfect subjunctive.]*

Cordialmente,

(your first and last name)

B. Problemas ambientales graves. *Think of the three worst environmental problems that you feel are threatening the quality of life in your country (or in the region where you and your family live). List them in order of severity, starting with the problem you consider the most damaging, and explain why. Also give your ideas on how to solve or alleviate these problems.*

CAPÍTULO **10**

Imágenes y negocios

Past Participles as Adjectives

CE 10-1 ¿Visita inoportuna...? *Nubia is telling a friend about her visit yesterday with Alicia and Mario. Based on the drawing, complete her description using past participles of the verbs listed. Use each verb only once.*

abrir
callar(se)

cerrar
concentrar(se)

deprimir(se)
enojar(se)

interesar
preocupar(se)

sentar(se)
separar(se)

Alicia y Mario estaban 1. _____ en el sofá grande. No estaban juntos sino bien

2. _____, uno en cada extremo del sofá. Alicia parecía 3. _____

en hablar con Mario; estaba contenta y no parecía 4. _____. Miraba algunos

objetos que estaban en la mesita: dos discos compactos, dos libros 5. _____

y un par de cosas más. Mario estaba 6. _____ en un artículo de un periódico

que tenía 7. _____ enfrente de él. Ambos no se hablaban; estaban muy

8. _____. ¿Será que llegué en un mal momento...? ¿Estarían 9. _____

por alguna razón? Realmente lo dudo. Más bien pienso que Mario estaría 10. _____ por

algo o muy interesado en su lectura...

CE 10-2 ¡Compremos una minivan! *Josefina is trying to convince her husband that they need a new minivan. Using the appropriate past participles of the verbs in parentheses, complete Josefina's description of the minivan.*

¿Por qué insisto ahora en comprar una minivan...? Es que el otro día vi y leí un anuncio muy bien

_____ (1. pensar) y _____ (2. diseñar) en una de mis revistas.

La revista estaba _____ (3. abrir) justo en la página del anuncio con dos minivans muy

atractivas. Es obvio que el anuncio está _____ (4. dirigir) a matrimonios con niños

y, en particular, a madres como yo, con hijos pequeños. Es que en la parte inferior del anuncio se ven dos

imágenes significativas: una que muestra a dos mujeres _____ (5. abrazar), sonrientes y

felices; y otra donde hay un bebé (o niñito) que parece muy contento, _____ (6. sentar)

en un asiento _____ (7. integrar), opcional para niños. Es obvio que estos asientos

son más seguros que los asientos portátiles tradicionales. Según el anuncio, estas minivans también vienen

_____ (8. equipar) con cinturones *(belts)* de seguridad en los asientos de atrás y se

venden mucho porque están _____ (9. hacer) con la idea de maximizar la comodidad y

la seguridad de los clientes. Y ahora, mi amor, ¿qué te parece si vamos a mirar algunas minivans...?

The Perfect Indicative Tenses

CE 10-3 ¿Qué ha pasado...? *Ramón has returned to his home town after a ten-year absence and runs into an old friend, who tells him what has happened during those years. Complete his account with the present perfect of the verbs in parentheses.*

❀ **MODELOS**   a. Yo **me he casado** (casarse) con Alicia, ¿la recuerdas?

                b. Los Pérez **han comprado** (comprar) una hermosa casa en la capital.

1. Mis padres _____ (ahorrar) unos pesos y piensan gastárselos en Italia.

2. Alicia _____ (obtener) su título de ingeniera industrial.

3. Juan, Paco, Alicia y yo _____ (abrir) un negocio de «Internet Café» en la estación central.

4. En menos de diez meses nuestros ingresos _____ (mejorar) mucho.

5. Como puedes ver, _____ (invertir) muy bien nuestro dinero.

6. En cambio, los dueños de la tienda Los dos amigos _____ (tener) que venderla para pagar todas sus deudas.

7. Mi familia también _____ (aumentar) últimamente. Este julio pasado nació mi primer hijo.

8. Y ahora dime tú, ¿dónde _____ (estar) (tú) todos estos años?

CE 10-4 Un año de mucha suerte. *Paco and Rosa have had a very good first year in business, and they are celebrating with a party. To find out some things about their new business, complete Rosa's comments with the past perfect tense of the underlined verb.*

⚙ **MODELO** En enero ya <u>éramos</u> dueños de la compañía pero antes sólo <u>**habíamos sido**</u> clientes.

1. En 2008, Paco <u>enseñó</u> economía en Berkeley; _____ lo mismo en Harvard antes.

2. El mes pasado nuestra compañía <u>contrató</u> a tres mujeres pero hasta entonces ¡sólo

   _____ a una!

3. Ayer <u>gastamos</u> mucho pero me preocupaba más lo que _____ durante los últimos dos meses.

4. Sonia y Luis <u>trabajaron</u> aquí unos meses; antes _____ en una oficina.

5. Este año <u>vendí</u> bastante pero pensé que _____ más.

6. Esta semana no <u>invertimos</u> nada pero no hay que olvidar que ya _____ mucho la semana pasada.

7. Hace unos días <u>hice</u> un buen negocio pero la verdad es que _____ uno mejor ¡contratándote a ti como gerente de esta compañía!

CE 10-5 Predicciones para el año 2020. *Don Predícelotodo is making predictions about what the world will be like in the year 2020. To see what he foretells, complete the sentences with the future perfect tense of the verbs in parentheses.*

⚙ **MODELO** La ciencia médica **habrá descubierto** (descubrir) cómo curar el cáncer.

1. La energía solar _____ (sustituir) al petróleo como fuente (*source*) principal de energía.

2. La compañía TREF _____ (inventar) un robot económico que pueda preparar platos hispanos típicos ¡en cuatro o cinco minutos!

3. Sudamérica _____ (convertirse) en Estados Unidos de Sudamérica.

4. Los países del tercer mundo _____ (conseguir) mejorar su situación económica.

5. El primer bebé de probeta (*test-tube baby*) _____ (escribir) el libro más vendido del año: su autobiografía.

6. La primera expedición ruso-americana a Marte _____ (volver) a la tierra después de un viaje exploratorio exitoso (*successful*).

7. Finalmente, otros grandes psíquicos y yo _____ (morir) de viejos y cansados.

CE 10-6 Diálogos breves. *Answer the questions by completing the sentences with the conditional perfect of the verbs in parentheses.*

⚙ **MODELO** —¿Estaban Elena y Sara en la biblioteca?

—Lo dudo. Nosotros las **habríamos visto** (ver).

1. —¿Ya te dieron el trabajo que querías?

—Todavía no. Tú ya lo _____ (saber).

2. —¿Resolvieron sus problemas de dinero los Gómez?

—Lo dudo. Ellos _____ (pagar) sus deudas.

3. —¿Le pagaron a Pablo 800 dólares por el trabajo de publicidad que hizo?

—Pienso que sí. Él no lo _____ (hacer) por menos.

4. —¿Pasaron mucho tiempo en Europa?

—No fuimos. Decidimos no ir porque _____ (gastar) demasiado.

5. —¿Volviste con tu ex-esposa?

—¡Por supuesto que no! ¿_____ (volver) tú?

6. —¿Te pareció cara esa casa?

—¡Carísima, pero muy linda! Por 30.000 dólares menos, yo la _____ (comprar).

7. —¿Pagó ese precio Susana?

—Probablemente no. Ella _____ (regatear).

The Present Perfect and Past Perfect Subjunctive

CE 10-7 Del indicativo al subjuntivo. *Complete the sentences, following the models.*

⚙ **MODELOS** a. Lo ha vendido y es una lástima que **lo haya vendido**.

b. Aún no han vuelto pero ¿es posible que **aún no hayan vuelto**?

1. Ella lo ha dicho pero ellos dudan que _____.

2. Yo he escrito pero nadie cree que _____.

3. ¿Le has pagado y él niega que _____?

4. Han ahorrado mucho y es bueno que _____.

5. ¿Él <u>ha anunciado</u> el producto y usted no se alegra de que lo _____?

6. ¿<u>Las has mantenido</u> y ellas niegan que _____?

7. <u>Se han ido solos</u> y realmente sentimos que _____.

8. <u>Hemos malgastado</u> tu dinero, ¿y tú te alegras de que lo _____?

CE 10-8 Comentarios diversos. *Complete the response to each statement using the past perfect subjunctive, following the model.*

✸ **MODELO** Había mejorado el producto.
El vendedor negó que hubiera mejorado el producto .

1. Habíamos hecho un buen negocio.

¿Dudaba usted que nosotros _____?

2. Yo había conservado electricidad.

Ustedes no creyeron que _____.

3. Se habían malgastado los ingresos.

El director no creía que _____.

4. Tú habías ahorrado 10 000,00 dólares en un año.

Me sorprendió que _____.

5. Ellos habían invertido todo su dinero en el almacén.

¿Era posible que _____?

6. Alfredo había negociado un buen sueldo.

Era muy dudoso que _____.

CE 10-9 Más comentarios... *Complete each sentence with a compound form of the subjunctive (present or past perfect), following the models.*

✸ **MODELOS** a. ¿Duda usted que la publicidad **haya costado** (costar) tanto dinero?

b. No creían que los dueños **hubieran vendido** (vender) su negocio por tan poco.

1. Temo que el dueño ya _____ (aumentar) el alquiler.

2. Era imposible que el comerciante _____ (hacer) eso.

3. Dudaba que mis padres lo _____ (comprar).

4. Nos sorprendió que tú _____ (casarse) con él.

5. Usted se alegra de que nosotros ya _____ (volver), ¿no?

6. No creemos que ustedes _____ (dirigir) ese proyecto.

7. Alicia sintió mucho que yo no _____ (divertirse).

8. ¿No es increíble que allí se _____ (promocionar) esas marcas?

The Passive Voice

CE 10-10 ¿Quién lo hizo?   *Tell who was the cause of the following facts or situations, following the models.*

✿ MODELOS   a. La deuda está pagada. (el dueño)
                        Fue pagada por el dueño.

                   b. Esas cartas están abiertas. (la secretaria)
                        Fueron abiertas por la secretaria.

1. Los precios están reducidos. (el comerciante)

_____

2. Los dependientes están contratados. (los dueños de la tienda)

_____

3. La casa está vendida. (José Luis)

_____

4. Rogelio y Alicia están casados. (alguien en Reno, Nevada)

_____

5. El anuncio está diseñado. (Susana)

_____

6. El dinero de los Martínez está invertido. (uno de sus hijos)

_____

CE 10-11 Expresiones equivalentes... *Change the sentences from the passive* **se** *to the true passive voice, using the same tense as the sentence given.*

⚙ **MODELOS**   a. Se anunciará el nuevo producto.
    El nuevo producto será anunciado.

    b. ¿Qué cosas se exportaban a Francia?
    ¿Qué cosas eran exportadas a Francia?

1. Se preparan los mejores anuncios en esta compañía.

_____

2. Se vendió ese almacén ayer.

_____

3. Se abrirán dos nuevas escuelas cerca de mi oficina.

_____

4. ¿Dónde se hizo el poncho de Mirta?

_____

5. Se escribirán los ejercicios en clase.

_____

6. ¿Cómo se gastaba el dinero de esa fábrica de automóviles?

_____

Vocabulario: Repaso

CE 10-12 Verbos y sustantivos. *For each verb listed in the left column, circle the noun or nouns in the right column that can be used with it.*

⚙ **MODELOS**   malgastar   (energía / dinero)
    ahorrar   (tiempo / árboles)

1. conservar   (petróleo / dinero)

2. pasar   (energía / tiempo)

3. soportar   (a alguien / un edificio)

4. gastar   (dinero / una deuda)

5. mantener   (a la familia / una casa)

6. regatear   (en el mercado / en el hospital)

7. ahorrar   (vidas / dinero)

8. pagar   (el alquiler / una deuda)

CE 10-13 Palabras relacionadas. *Give one or two nouns related to each of the following verbs.*

✸**MODELOS**   a. deber <u>**la deuda, el deber**</u>

              b. medir <u>**la medida**</u>

1. ingresar   _____

2. vender   _____

3. anunciar   _____

4. ahorrar   _____

5. recibir   _____

6. imaginar _____

7. negociar _____

8. comerciar _____

9. producir _____

10. gastar _____

Lectura y comprensión

CE 10-14 Leticia Herrera, empresaria exitosa. *Read the following account of Leticia Herrera, founder and president of ECI, a minority woman-owned company that specializes in metal and stone restoration and construction management, and then answer the questions that follow by circling the correct or most probable response.*

En 1989 Leticia Herrera fundó ECI o *Extra Clean, Inc.*, una pequeña empresa dedicada originalmente al servicio de limpieza en el área metropolitana de Chicago. La compañía empezó con sólo tres empleadas y las tres miembros de su propia familia: ella (Leticia), su madre y una tía. Sin embargo, en 1995, después de una situación económica desastrosa para ECI, Leticia tomó algunas decisiones muy inteligentes y hoy día es presidenta de una empresa muy exitosa. Tres de sus decisiones más importantes fueron: (1) mantener las iniciales del nombre original de su empresa, ECI, pero cambiarlas para significar *Excellence Consistency Integrity*; (2) no hacer más servicios de limpieza sino dedicarse a la industria de la construcción, restauración y mantenimiento de piedras y metales; y (3) reunir un buen equipo de geólogos, metalúrgicos, escultores y otros especialistas en piedra y metal para fortalecer la imagen de su compañía en el área de preservación histórica. Gracias a esos cambios, 11 años después de su fundación, ECI creció de sólo 3 a 50 empleados, con un ingreso anual de cerca de 3 millones de dólares. Hoy día el 50% de los ingresos de ECI provienen de la industria de la construcción. Sus clientes incluyen, entre otros, la ciudad de Chicago, la Universidad de Illinois, Chicago Campus, United Airlines, el Museo de Ciencia e Industria y el Museo Field. Leticia Herrera trabaja con la comunidad latinoamericana y ha recibido muchos premios por sus éxitos en el mundo de los negocios. Fue también presidenta de la Cámara de Comercio de EE.UU. y la primera mujer que llegó a obtener ese puesto. Actualmente es miembro de la Cámara Mexicoamericana de Comercio y está en la Junta Directiva de la Cámara Hispánica de Comercio de EE.UU.

Vocabulario

empresaria	*entrepreneur*	**provienen**	*come*
empresa	*compañía*	**Junta Directiva**	*Board of Directors*

1. ¿Qué tipo de servicio ofrecía ECI en sus primeros años de existencia?

    a. construcción   b. limpieza   c. restauración de metales

2. ¿Cuándo se fundó originalmente ECI?

    a. en 1989   b. en 1995   c. en 2000

3. ¿Qué nombre le dio Leticia Herrera a su empresa en 1989?

    a. Excellence Consistency Integrity   b. Extra Clean Industry   c. Extra Clean, Inc.

4. ¿Y cuál es el nombres de ECI desde 1995?

    a. Excellence Consistency Integrity   b. Extra Clean Industry   c. Extra Clean, Inc.

5. ¿Cuántas y quiénes fueron las empleadas originales de ECI?

    a. 3 hermanas   b. 3 primas   c. 3 parientes

6. ¿Qué tipo de servicio dejó de ofrecer ECI desde 1995?

    a. construcción   b. limpieza   c. restauración de metales

7. ¿Qué profesionales trabajan con ECI para fortalecer la imagen de la compañía en el área de preservación histórica?

    a. escultores y agricultores   b. geólogos y astrónomos   c. metalúrgicos y geólogos

8. ¿En qué año se registró el aumento de 3 a 50 empleados para ECI?

    a. en 1989   b. en 1995   c. en 2000

9. ¿Cuál de los siguientes es un cliente importante de ECI?

    a. la ciudad de Chicago   b. la comunidad   c. American Airlines

10. Además de ser fundadora y presidenta de ECI, ¿de qué Cámara importante fue también presidenta Leticia Herrera?

    a. Cámara de Senadores de EE.UU.   b. Cámara de Comercio de EE.UU.   c. Cámara de Representantes de EE.UU.

¡A escribir!

CE 10-15 Temas alternativos. *Choose one of the following topics and write a paragraph about it.*

A. Una carta de respuesta. *A pen pal from Guatemala writes you a letter. In it he or she makes the following* statements:

Yo sé que en tu país no hay gente pobre como aquí. Allí hay muchas oportunidades económicas y también hay servicios médicos para todos, ¿no...? Mi sueño más grande es ir a Estados Unidos porque allí se pueden conseguir buenos trabajos que pagan bien. Pienso que en tu país será muy fácil encontrar un puesto y ahorrar dinero...

Write a response to your pen pal giving your personal opinion about what he or she says.

B. Un nuevo producto. *You have just invented a new product. Describe it briefly and write a one- or two-minute commercial that will be used to advertise it on TV (or radio).*

CAPÍTULO **11**

¡Adiós, distancias!

Sequence of Tenses with the Subjunctive: Summary

CE 11-1 Breves conversaciones. *Complete the conversations with the appropriate subjunctive forms, present or past.*

1. PEDRO: No sé cómo decirle al jefe que este nuevo programa no funciona. Es probable que (él)

   _____ (enojarse).

   FRANCISCO: Sería mejor que yo se lo _____ (decir), ¿verdad? A mí me dijo

   que _____ (trabajar) hoy haciendo copias de seguridad del nuevo

   proyecto, pero si tienes miedo de que (él) _____ (estar) molesto, yo le

   explico el asunto.

2. ANA: ¿Cuándo vamos a tener esa reunión con el señor Díaz?

   PACO: Ayer por la mañana le envié un SMS preguntándole eso mismo pero no me contestó.

   ¿Es posible que el mensaje no le _____ (haber llegado)?

   ANA: Mándale un e-mail para que _____ (saber) que estamos esperando

   una respuesta.

3. SILVIA: ¿Ya se arregló la computadora, Toño?

   TOÑO: Sí, hoy vino el técnico a arreglarla a eso de las nueve.

   SILVIA: ¡Qué bien!

   TOÑO: Sí, Ricardo dijo que estaba muy contento de que el técnico _____

   (haber llegado) temprano. Dijo que era probable que sin la computadora ellos no

   _____ (haber terminado) a tiempo un trabajo muy importante.

CE 11-2 ¿Por qué se inventaron los adultos? *To find out why Eduardito is frustrated enough to ask this question, complete his remarks with the correct subjunctive forms of the verbs in parentheses.*

✦ **Modelos**   a. Ayer mamá me prohibió que **navegara** (navegar) por la Red.

   b. Los adultos esperan que los niños los **obedezcan** (obedecer) siempre.

   c. Papá no cree que Susanita **se haya vestido** (vestirse) sola ayer.

1. ¿No sería divertido que Luisito y yo _____ (iniciar) un movimiento de liberación infantil?

2. Mis padres quieren que yo _____ (lavarse) los dientes ¡tres veces por día!

3. Después de terminar el examen, la maestra *(teacher)* nos dijo hoy: «Chicos, espero que ustedes _____ (usar) la cabeza y que la mayoría _____ (responder) todas las preguntas».

4. ¿No es injusto que mi hermano mayor _____ (tener) su propia computadora portátil y yo no?

5. A los adultos no les gustaría que otra persona les _____ (decir) qué comer, cómo vestirse y cuándo dormir, ¿no?

6. ¿Habrá algún adulto que _____ (querer) y _____ (poder) ayudarnos?

CE 11-3 Frases sinónimas. *Complete the sentences using the cues provided.*

🌑 **MODELOS**
    a. ¿Te llamó <u>para</u> ir al cibercafé con ella?
       ¿Te llamó para que **fueras** al cibercafé con ella ?

    b. Pensamos salir temprano <u>si no</u> nos necesitan más hoy.
       Pensamos salir temprano a menos que **nos necesiten** más hoy.

1. ¿Imprimes esos documentos <u>pero no</u> lo saben tus padres?

   ¿Imprimes esos documentos sin que _____ tus padres?

2. ¿Imprimiste esos documentos <u>pero no</u> lo supieron tus padres?

   ¿Imprimiste esos documentos sin que _____ tus padres?

3. Pienso ayudarlos <u>si</u> me prometen bajar esos archivos antes.

   Pienso ayudarlos con tal de que _____ bajar esos archivos antes.

4. Pensaba ayudarlos <u>si</u> me prometían bajar esos archivos antes.

   Pensaba ayudarlos con tal de que _____ bajar esos archivos antes.

5. ¿Van a comprar una webcam <u>si no</u> cuesta mucho?

   ¿Van a comprar una webcam a menos que _____ mucho?

6. ¿Iban a comprar una webcam <u>si no</u> costaba mucho?

   ¿Iban a comprar una webcam a menos que _____ mucho?

If Clauses (2)

CE 11-4 Frases hipotéticas. *For each case, combine the two given sentences to form an appropriate hypothetical* **if** *clause. Follow the models.*

⚙ **MODELOS**
  a. No usa el buscador. No encuentra la información que necesita.
    Si usara el buscador, encontraría la información que necesita.

  b. No te conectaste a la Red. No tenías todo un mundo de información a mano.
    Si te hubieras conectado a la Red, habrías tenido todo un mundo de información a mano.

1. No tenemos escáner. No podemos escanear esa foto.

_____

2. La computadora no funcionaba aquel día. Enrique no bajó los archivos.

_____

_____

3. No había papel. No imprimimos el documento.

_____

4. No están aburridos. No dejan de navegar por la Red.

_____

5. No sabían las palabras claves *(passwords)*. No pudieron registrarse.

_____

_____

6. No tenían una impresora láser en esa tienda. No la compramos.

_____

_____

CE 11-5 Deducciones infantiles. *A group of children are hypothesizing about the world; complete their statements with the correct forms of the verbs in parentheses.*

⚙ **MODELOS**
  a. Si nosotros no **tuviéramos** (tener) computadora, no podríamos jugar tantos videojuegos.
  b. **¿Habría visto** (ver) mejor el abuelito si sus ojos hubieran sido más grandes?

1. Si tú _____ (decir) una mentira, te crecería la nariz como a Pinocho.

2. Si no _____ (existir) Internet, no tendríamos ciberamigos, ¿verdad?

3. ¿Se habría inventado la televisión si no se _____ (descubrir) la electricidad?

4. Si papá y mamá no se hubieran conocido, Jorge y yo no _____ (nacer), ¿verdad?

5. ¿Podríamos volar si nosotros _____ (tener) alas *(wings)* en vez de brazos?

6. Si yo fuera pobre, _____ (comprar) dinero en la tienda.

Conjunctions

CE 11-6 Reordenando frases. *Complete the sentences changing the order of the underlined words. Follow the models.*

⚙ **MODELOS**   a. Me parece que él actuó de manera <u>inmadura y estúpida</u>.
                           Me parece que él actuó de manera **estúpida e inmadura.**

                 b. ¿Tienes <u>diez u once</u> pesos?
                     ¿Tienes **once o diez** pesos?

1. Aquí están <u>Inés y José</u>.

     Aquí están _____.

2. ¿Habló usted de <u>horas o minutos</u>?

     ¿Habló usted de _____?

3. Pensamos <u>ir y comer</u> allí lo antes posible.

     Pensamos _____ allí lo antes posible.

4. ¿Crees que es mejor <u>perdonar u olvidar</u>?

     ¿Crees que es mejor _____?

5. Es una reunión para <u>padres e hijos</u>.

     ¿Es una reunión para _____?

6. La persona que te ayudó en el locutorio, ¿es <u>hombre o mujer</u>?

     La persona que te ayudó en el locutorio, ¿es _____?

7. ¿Quién llamó? ¿<u>Óscar o Pedro</u>?

     ¿Quién llamó? ¿_____?

8. Conocí a un muchacho <u>interesante e inteligente</u>.

     Conocí a un muchacho _____.

CE 11-7 ¿*Pero, sino* o *sino que*? *Complete the sentences with the correct conjunction.*

✿**MODELOS**   a. No dije que voy a registrarme **sino que** quiero recorrer la Red.

b. José la llamó **pero** usted ya había salido.

1. Tengo computadora _____ prefiero escribir a mano esta carta.

2. No guardaron _____ imprimieron ese documento.

3. No fue Goya el que pintó *Vista de Toledo* _____ El Greco.

4. La playa de Puerto Vallarta, México, es muy famosa, _____ la de Acapulco es aún más famosa.

5. Antonio no quiere otro teléfono celular _____ una webcam.

6. Me gustaría ayudarte _____ primero debo enviar dos mensajes de texto.

7. Bernardo O'Higgins, un héroe de la independencia sudamericana, no era irlandés _____ chileno.

8. No quiero que me llames por teléfono _____ te comuniques conmigo por correo electrónico. ¡Es mucho más barato!

Por Versus *Para*

CE 11-8 ¿Un día típico? *Complete the paragraph with **por** or **para**, as appropriate.*

Ayer 1. _____ la mañana salí 2. _____ el mercado 3. _____ comprar huevos. Pagué dos dólares 4. _____ docena. ¡Qué caros, Dios mío! Pero los compré porque quería comerlos 5. _____ el desayuno. No había comido huevos 6. _____ mucho tiempo y 7. _____ eso decidí hacer una tortilla *(omelet)* 8. _____ mí sola. La estaba preparando cuando me llamaron 9. _____ teléfono... Regresé a la cocina después de unos minutos y ¡qué desastre! ¡Se me había quemado toda la tortilla! 10. _____ la tarde, decidí salir a buscar un regalo 11. _____ mi sobrina, cuyo cumpleaños era al día siguiente. Fui a muchas tiendas, 12. _____ lo menos a cinco o seis, y no pude encontrar el juego de X-box que quería. 13. _____ fin decidí volver a casa y al llegar vi que había un mensaje en la contestadora automática. Era mi marido que había llamado de Nueva York 14. _____ decirme que habían cancelado su vuelo 15. _____ mal tiempo. 16. _____ eso, y 17. _____ que no me preocupara, me informaba de que no estaría en casa 18. _____ las seis sino 19. _____ las once. Es que en vez de venir 20. _____

avión, vendría 21. _____ tren. Justo cuando empezaba a sentirme deprimida por tantos fracasos, oí

un ruido afuera. Miré 22. _____ la ventana y vi que llegaba alguien. 23. _____ suerte

era Marisa, una vieja amiga a quien hacía tiempo que no veía. Charlamos 24. _____ un largo rato y

luego salimos a cenar. Lo pasamos muy bien. Si no hubiera sido 25. _____ ella, habría tenido un día

totalmente desastroso.

CE 11-9 Un viaje por Venezuela. *Complete the following account of Daniel's trip to Venezuela with **por** or **para**, as appropriate.*

Daniel fue a Venezuela 1. _____ dos semanas. Salió de Miami hace una semana y viajó

2. _____ avión a Caracas. Leyó en su guía que Venezuela quiere decir «pequeña Venecia» y que es

un país muy lindo, interesante y variado. Más del 35 3. _____ ciento del territorio está cubierto de

bosques. Tiene además muchos ríos, llanos ¡y una serie de islas pequeñas cerca de la costa! La isla Margarita

es la más grande y cada año miles de turistas van allí 4. _____ divertirse o descansar en sus playas

espléndidas. Daniel viajó 5. _____ todo el norte del país. Fue a Los Roques, un parque nacional

con unas cincuenta islas y arrecifes *(reefs)* coralinos incomparables. En La Guaira, un puerto que está cerca de

Caracas, compró una ruana (poncho) y una guitarra típica de Venezuela 6. _____ su mamá. Pagó en

dólares pero muy poco: 8 dólares 7. _____ la ruana ¡y solamente 15 8. _____ la guitarra!

Estará de regreso en Miami 9. _____ el próximo domingo. 10. _____ casualidad, justo

ese domingo es su cumpleaños y pensamos hacerle una fiesta sorpresa 11. _____ la tarde. Si quieres

venir, te esperamos en la casa de Daniel. El todavía no lo sabe... pero al llegar tendrá una doble sorpresa: su

fiesta de cumpleaños ¡y está en su propia casa! Espero que no llegue muy cansado...

Vocabulario

CE 11-10 Trabalenguas. *Complete the following tongue-twisters with the appropriate words.*

1. Pedro Pablo Pérez Pereira

   pobre pintor portugués

   pinta pinturas _____ poca plata *(dinero)*

   _____ pasar _____ París.

2. María Chucena techaba *(was putting a roof on)* su choza *(hut)* cuando un leñador *(woodcutter)* que

_____ allí pasaba le dijo:

—María Chucena, ¿techas tu choza _____ techas la ajena *(someone else's)?*

—Ni techo mi choza _____ techo la ajena;

techo la choza de María Chucena.

3. Han dicho que he dicho un dicho *(saying),*

tal dicho no lo _____ dicho yo...

porque si yo _____ dicho el dicho,

bien dicho habría estado dicho el dicho

por haberlo dicho yo.

CE 11-11 Sinónimos. *Complete the following sentences substituting words or phrases similar in meaning to the underlined words or phrases.*

⚙ **MODELOS**　　a. A María le gusta <u>navegar por</u> la Red.
　　　　　　　　　　　A María le gusta **recorrer** la Red.

　　　　　　　　b. ¿Por qué no haces <u>un backup</u>?
　　　　　　　　　　¿Por qué no haces **una copia de seguridad?**

1. José <u>abandonó todo esfuerzo</u> *(effort)* cuando se dio cuenta de que no podía solucionar el problema.

José _____ cuando se dio cuenta de que no podía solucionar el

problema.

2. <u>El ordenador</u> no funciona.

_____ no funciona.

3. Buscó <u>por todas partes</u> pero no encontró los programas que quería.

Buscó _____ pero no encontró los programas que quería.

4. ¿Realmente <u>salen en unos minutos</u> para el aeropuerto?

¿Realmente _____ para el aeropuerto?

5. Ahora te voy a <u>enviar el documento por e-mail</u>.

Ahora te voy a _____ .

6. ¿Sabes si hay <u>un locutorio</u> cerca de aquí?

¿Sabes si hay _____ cerca de aquí?

7. Le di un CD de Thalía <u>a cambio de</u> uno de Luis Miguel.

Le di un CD de Thalía _____ uno de Luis Miguel.

8. ¿Así que tienes <u>una página web</u>? ¡Te felicito!

¿Así que tienes _____? ¡Te felicito!

CE 11-12 Un amor cibernético. *Complete the paragraph with appropriate vocabulary, choosing from the following list:*

correo electrónico	usuarios	copia de seguridad
Red	buscadores	guarda
navegar	computadora	ciberamigos

Jaime y Mercedes son 1. _____ muy apasionados de Internet. A los dos les gusta mucho 2.

_____ por la 3. _____ y ambos usan varios 4. _____. Por supuesto, se

conocieron por Internet. Se comunicaron por 5. _____ durante casi un año. Mercedes siempre hace

una 6. _____ de todos los mensajes que intercambian. Ahora no solo son 7. _____ sino

que ¡también son cibernovios! Mercedes va a comprarse una 8. _____ portátil porque así puede

viajar para conocer personalmente a Jaime sin tener que «desconectarse» de él durante el viaje...

Lectura y comprensión

CE 11-13 Robert y Laura.com. *Read the following segments from the first part of "Robert y Laura.com," a short story by Paraguayan writer Lucía Scosceria, and then answer the questions that follow by circling the correct or most probable response.*

De: Laura

Fecha: 3 de agosto 2:23 p.m.

Asunto: Hola

Recordado Robert:

En marzo estuviste en Buenos Aires en el Conservatorio "Mozart" y entre los muchos periodistas que te hicieron una nota había dos mujeres, una de ellas te regaló una pintura y otra (vestida de negro) te entrevistó. Nos diste tu tarjeta y dijiste que te escribiéramos. Yo, la de negro, cumplo. Aunque tal vez ni nos recuerdes.

¿Cómo estás? Me gustaría recibir unas líneas tuyas.

Laura

De: Robert

Fecha: 4 de agosto 12:45 p.m.

Asunto: ¡Qué hermosa sorpresa!

Querida Laura:

Claro que me acuerdo de ti. Y me alegro que me hayas escrito. Acabo de volver a mi casa de Munich después de pasar unas semanas de vacaciones en España. […] Para mí fue una hermosa sorpresa recibir tu e-mail. Me alegró el domingo. Muchos saludos a la pintora y para ti un beso de

Robert

De: Laura

Fecha: 5 de noviembre 12:48 p.m.

Asunto: Saludos

Querido Robert:

Comienza a hacer calor por aquí y las fiestas se acercan. Te envío una copia de los trabajos que me publicaron en un diario uruguayo. […]

Un beso,

Laura

De: Robert

Fecha: 14 de noviembre 9:45 a.m.

Asunto: Frío

Querida Laura:

Hace frío en Munich. Ayer llovió y todos parecían estar de muy mal humor. Voy a leer tu trabajo. […] Tal vez vaya a Buenos Aires por una semana, por cuestiones de trabajo […]

Te mando un beso muy grande.

Robert

Permission granted by Mónica Cañellas Scosceria.

1. ¿Dónde conoció Laura a Robert?
   a. en España
   b. en Munich
   c. en Buenos Aires

2. ¿Qué profesión tiene Robert?
   a. Es músico.
   b. Es pintor.
   c. Es periodista.

3. ¿Qué profesión tiene Laura?
   a. Es músico.
   b. Es pintora.
   c. Es periodista.

4. ¿Dónde vive Robert?
   a. en Buenos Aires
   b. en Munich
   c. en España

5. ¿Dónde vive Laura?
   a. en Buenos Aires
   b. en Munich
   c. en España

6. ¿Qué tiempo hace en Buenos Aires en noviembre?
   a. Hace frío.   b. Hace calor.   c. Hay nieve.

7. ¿Cuáles son las "fiestas" a que alude Laura?
   a. Día de los Muertos   b. las Posadas y Día de Reyes   c. Navidad y Año Nuevo y Día de Gracias

8. ¿Dónde publicaron los trabajos de Laura?
   a. en Argentina   b. en Uruguay   c. en España

9. ¿Qué tiempo hace en Munich en noviembre?
   a. Hace frío.   b. Hace calor.   c. Hace buen tiempo.

10. ¿Adónde es posible que Robert vaya por una semana?
   a. a España   b. a Munich   c. a Buenos Aires

Repaso

CE 11-14 ¿El mundo al alcance (*reach*) de mis manos?   *Look at the ad for Magic Ball Internet and answer the following questions according to the information you read in the ad.*

1. ¿En qué idioma funciona Magic Ball Internet? ¿Solo en inglés?

_____

_____

2. ¿Qué tipo de información se puede encontrar en Magic Ball Internet?

_____

_____

3. ¿Se puede recibir y/o enviar correo electrónico con Magic Ball Internet?

_____

_____

4. ¿Qué otros beneficios ofrece la conexión a Magic Ball Internet?

_____

_____

5. ¿Para qué sirve el Cyber Cop? ¿Cree usted que es un buen servicio? ¿Por qué sí o por qué no?

_____

_____

CE 11-15 Si... *Match the main clauses on the left to the appropriate* **if** *clauses on the right.*

1. _____ Prefiero la limonada, querido,   **a.** si Dios quiere.

2. _____ Lo imprimiríamos ahora   **b.** si no te importa.

3. _____ Gastan dinero   **c.** si tuviéramos una impresora.

4. _____ Vamos a viajar allí mañana   **d.** como si hubiera olvidado algo importante.

5. _____ Parece muy tenso,   **e.** como si tuvieran una fortuna.

¡A escribir!

CE 11-16 Temas alternativos. *Choose one of the following topics and write a paragraph about it.*

A. Charla entre ciberamigos. *Compose an e-mail to a pen pal. Tell him or her something about the use of computers and other technology at your school. Ask him or her a few questions. Then tell what could be improved if there was more money in your school budget for technology. Say what you would buy if you were the president of the university and had a lot of money.*

B. Me presento... ¡cibernéticamente! *Compose a notice for an on-line personals ad. Describe yourself, including what you like to do in your free time and what you want to do in the future. Include the answers to these questions: Where would you go if you could travel anywhere? What would you do if you could have any job you wanted? Where would you go on a first date if money were not a problem?*

Edward P. Faith

_____

_____

_____

_____

_____

_____

_____

_____

_____

_____

_____

_____

_____

_____

CAPÍTULO 1 2

¡Viva la imaginación!

The Present Participle and the Progressive Forms

CE 12-1 Actividades paralelas. *Using the present progressive tense, complete the following sentences to describe what the people in the scene below are doing at this very moment. Follow the model.*

❀ **MODELO**   Ana **está estudiando español** (o: **está leyendo su libro de español**).

1. Pablo _____ .

2. Beto _____ .

3. José y Ramón _____ .

4. Susana _____ .

5. Luis _____ .

6. Ana y Beto _____ .

7. Inés _____ .

8. Diana y Lola _____ .

CE 12-2 Leyendo a Poe... *Rewrite the story, changing the underlined verbs to the past progressive.*

✿ **MODELO**   Era de noche y en casa todos <u>hacían</u> algo.
                         Era de noche y en casa todos estaban haciendo algo.

1. Papá y mamá <u>miraban</u> televisión.

_____

_____

2. Pepito <u>estudiaba</u> y el perro <u>dormía</u> en la sala.

_____

_____

3. Sentada en mi cama, yo <u>terminaba</u> un cuento de Poe.

_____

_____

4. Era el segundo cuento de terror que <u>leía</u> esa noche.

_____

_____

5. De repente *(Suddenly)* vi que Roberto y yo <u>paseábamos</u> por un parque.

_____

_____

6. Alguien nos <u>seguía</u> y nosotros <u>corríamos</u> desesperadamente.

_____

_____

7. Roberto me <u>decía</u> algo en inglés.

_____

_____

8. ¿Por qué me <u>hablaba</u> en inglés? ¿Qué <u>pensaba</u> hacer con ese péndulo?

_____

_____

9. El péndulo me <u>atacaba</u> y yo <u>trataba</u> de escaparme.

_____

_____

10. «Pero mi hija, ¿qué te pasa? ¿Por qué <u>gritabas</u> hace un rato? ¡Son las siete de la mañana! ¡Es hora de levantarte!»

_____

_____

CE 12-3 En el Gran Hotel Andalucía. *Look at the ad and read the description for the Grand Hotel Andalucía. Then write six sentences about what your friends Julia and Luis, and the people who are staying there are probably doing at this moment. You might want to use some of these words or expressions:* **jugar (al) golf, sacar fotos, pasear (por los jardines), hacer uso del spa, nadar (en la piscina privada), ver la puesta del sol.**

✹ **MODELOS**   Julia estará disfrutando de la vista del mar.
Algunos turistas estarán decidiendo qué hacer o adónde ir esta noche.

Shutterstock © Nataliya Peregudova

¿Qué estarán haciendo en este momento... ?

1. _____

2. _____

3. _____

4. _____

5. _____

6. _____

CE 12-4 Preguntas y respuestas. *Answer the questions in an original manner, using the cues provided and a progressive tense. Follow the model.*

⚙ **MODELO**   ¿Buscas algo para leer? (andar)
           Sí, **ando buscando alguna lectura interesante**.

1. ¿Comían ustedes por la calle? (ir)

   Sí, _____.

2. ¿Todavía vives en el barrio donde naciste? (seguir)

   Sí, _____.

3. ¿Sigues algún curso de pintura? (estar)

   Sí, _____.

4. ¿Hablaste con tu mejor amigo(a) últimamente? (estar)

   Sí, _____.

5. ¿Dicen sus amigos que sus clases son muy aburridas? (andar)

   Sí, _____.

CE 12-5 ¿Cómo pasará sus fines de semana...? *Many of us spend our weekends doing things related to our professions or occupations. Assuming this is true, indicate how the following people probably spend their weekends. From the list below, choose an appropriate activity for each person and change the infinitives into their corresponding present participle forms. Follow the model.*

⚙ **MODELO**   ¿Cómo pasará sus fines de semana...?
           Una escritora: **Probablemente creando personajes ficticios**.

diseñar edificios	componer canciones
dibujar o ilustrar algo	hacer sus tareas
practicar fútbol	sacar fotos
preparar sus clases	crear personajes ficticios

1. Un estudiante: _____

2. Un profesor: _____

3. Una dibujante: _____

4. Un músico: _____

5. Una arquitecta: _____

6. Un futbolista: _____

7. Un fotógrafo: _____

Relative Pronouns; The Neuter *lo, lo que*

CE 12-6 Entrevista con un escritor ficticio. *Complete the interview with* **que, quien(es)**, *or* **cuyo(a, os, as)**.

—¿Cuál es el título de la novela 1. _____ usted acaba de publicar?

—*El creador* 2. _____ *no podía crear.*

—¿Es esa la novela 3. _____ personaje principal pasa la mayor parte de su tiempo

tratando de escribir una novela?

—¡Sí! ¿Ya la leyó usted?

—No, pero los críticos con 4. _____ he hablado me han comentado algunos capítulos

5. _____ parecen ser interesantísimos.

—Creo que en general la obra les ha gustado a las personas 6. _____ leen ese tipo de literatura.

—¿Cuál es el elemento novelístico 7. _____ usted considera más experimental en su

última novela?

—Las páginas centrales... *El creador...* es la primera novela 8. _____ criaturas ficticias

—el narrador y el personaje principal— crean lo que yo llamo «el texto en blanco».

—¿Se refiere usted a las quince páginas 9. _____ aparecen en blanco, sin nada escrito,

más o menos a mitad de la novela?

—¡Exacto! Y es irónico que varios amigos míos, profesores de literatura 10. _____

profesión consiste en explicar estos textos, ¡no hayan entendido el significado de esas páginas... !

—¿Tiene algo que ver con el título?

—¡Por supuesto! Esas páginas, 11. _____ significado es tal vez más importante que el

resto de la obra, representan los momentos no creativos de cualquier creador: el tiempo

12. _____ pierde el escritor tratando inútilmente de crear una escena o las horas

13. _____ pasa el estudiante tratando de escribir una composición

14. _____ tema no le interesa...

—¿Es un invento suyo o tiene algo de autobiográfico ese personaje a 15. _____ usted

describe tan bien y con 16. _____ frustraciones parece estar totalmente identificado?

—¡Claro! Ese personaje 17. _____ período no creativo se ve reflejado en las quince

páginas en blanco es, en parte, mi doble, pero puede ser también el suyo o el de cualquier otra persona.

Después de todo, todos los seres humanos somos, en mayor o en menor grado *(degree)*, creadores

18. _____ muchas veces no podemos crear...

CE 12-7 Combine las frases.   *Combine the sentences using one of the following relative pronouns:*
que, quien(es)*, or ***cuyo(a, os, as).**

⚙ **MODELOS**
a. La semana pasada leí un cuento. El cuento me pareció bueno.
   La semana pasada leí un cuento que me pareció bueno.

b. Una amiga mía va a entrevistar a un escultor español. Sus esculturas son muy conocidas en toda Europa.
   Una amiga mía va a entrevistar a un escultor español cuyas esculturas son muy conocidas en toda Europa.

1. Esta es la fotógrafa chicana. Te hablaba de ella ayer.

_____

_____

2. Acabamos de ver ese dibujo. El dibujo parece dibujado por un niño.

_____

_____

3. ¿Dónde están los escultores? Usted fue al museo con ellos ayer.

_____

_____

4. Mañana irán a casa del carpintero. Su último trabajo le gustó mucho a Paco.

_____

_____

5. Gabriel García Márquez es un escritor colombiano. Sus personajes generalmente viven en un pasado mítico.

_____

_____

6. ¿Cómo se llama ese poeta mexicano? Él ganó el Premio Nóbel en 1990.

_____

_____

7. Rogelio tiene dos hermanas. Ellas tienen una colección de monedas *(coins)* raras.

_____

_____

8. ¿Es André el estudiante francés? A él le permitieron seguir el mismo curso dos veces.

_____

_____

CE 12-8 ¿El cual, la cual... ?   *Complete the sentences with* **el (la) cual** *or* **los (las) cuales.**

✹ **MODELOS**   a. Mario va a participar en una conferencia para **la cual** está preparando un ensayo sobre *El capital.*

b. ¿Cuáles son los dibujos por **los cuales** pagó usted tanto dinero?

1. Fuimos a esa librería al lado de _____ está el Museo de Arte Moderno.

2. ¿Es este el curso para _____ ya no hay lugar?

3. Allí están los retratos entre _____ debe estar el suyo.

4. ¿Son esas las estampillas por _____ desea verme inmediatamente?

5. ¿Cuáles son los capítulos sobre _____ vamos a hablar?

6. *Cien años de soledad* y *Como agua para chocolate* son dos novelas contemporáneas en

_____ se puede apreciar la técnica del «realismo mágico».

CE 12-9 Más pronombres...   *Complete the sentences with the appropriate relative pronouns, choosing from the alternatives provided.*

✹ **MODELOS**   a. ¿Llamará a **los que** (lo cual / los que / quien) no vinieron?

b. «**Quien** (Lo / Que / Quien) mucho duerme, poco aprende».

1. ¿Sacarán mejores notas _____ (cuyas / los que / que) estudien más?

2. Carlos no entiende _____ (lo que / la que / que) tú dices.

3. La madre de Juan, _____ (lo que / quienes / la que) cose tan bien, quiere hacerle el vestido de novia a Irene.

4. «Antes que te cases, mira _____ (el que / lo que / que) haces».

5. La autora _____ (cuyo / la que / cuya) obra leímos se llama Laura Esquivel.

6. «A _____ (los que / quien / que) madruga *(gets up early),* Dios le ayuda».

7. _____ (Lo / El que / Lo cual) inventó eso es Pedro.

8. «Ojos _____ (cuyos / los cuales / que) no ven, corazón que no siente».

9. _____ (Lo que / Lo / El cual) interesante de esa obra es su título.

10. Gerardo no vino a clase hoy, _____ (lo cual / cuya / quien) me sorprendió mucho.

Diminutives

CE 12-10 Diminutivos. *Respond to the questions using diminutives of the underlined words. The diminutives should all end in* **-ito(a, os, as).**

⚙ **MODELOS**   a. —¿Tienes un auto <u>igual</u> al mío? —**¡Igualito!**

   b. —¿Conocen a esos <u>muchachos</u>? —Sí, son **muchachitos** del barrio.

1. —¿Quiere un <u>poco</u> de café? —Un _____, por favor.

2. —¿Vamos a leer un cuento <u>corto?</u> —Sí, muy _____.

3. —¿Escribió él <u>novelas</u> buenas? —No, sólo _____ mediocres.

4. —¿Piensa quedarse aquí un <u>momento</u>? —Sí, sólo un _____.

5. —¿Es <u>amiga</u> de tu hermanita? —Sí, es su _____.

6. —¿Tienen hijas <u>pequeñas</u>? —Sí, dos hijas _____.

7. —¿Estarán allí un <u>rato</u> largo? —No, sólo un _____.

Vocabulario

CE 12 11 Sinónimos. *For each of the words on the left, give the letter of its synonym on the right.*

1. _____ autor   **5.** _____ poema   a. texto   e. manera

2. _____ crear   **6.** _____ retrato   b. temperamento   f. ilustrar

3. _____ estilo   **7.** _____ libro   c. poesía   g. pintura

4. _____ dibujar   **8.** _____ carácter   d. escritor   h. inventar

CE 12-12 Buenas intenciones. *Read the following paragraph and circle the appropriate words to complete this student's comments about his good intentions.*

Siempre tengo buenas intenciones, pero parece que nunca termino mis tareas a (1. casa / tiempo). Por ejemplo, la semana pasada estaba escribiendo una composición para la clase de inglés. Había que escribir sobre un (2. personaje / carácter) famoso de una obra de Shakespeare y yo escogí a Próspero, de *La tempestad*. Pues, aun para la gente de habla inglesa, el (3. dibujo / estilo) y el vocabulario de las obras de Shakespeare son difíciles de entender. Pasé un buen (4. rato / vez) leyendo y releyendo la obra. En (5. tiempos / años) de Shakespeare (siglo XVI), quizás la gente no tenía que buscar tantas palabras en el diccionario para entender la obra de ese famoso autor. Pero yo no sabía qué demonios quería decir «*Alack!*» o «*How fare ye?*» Fui no sé cuántas (6. veces / tiempos) al diccionario. Al leer el monólogo que termina «*Our little life is rounded with a sleep*», me dormí. Y ¿a qué (7. tiempo / hora) me desperté? Pues a las nueve del día siguiente. Era (8. hora / momento) de ir a clase y no había (9. rato / tiempo) de terminar la composición. Una (10. vez / día) más iba a llegar a clase con las manos vacías... pero con las buenas intenciones de siempre.

CE 12-13 Asuntos literarios y artísticos... *Complete the sentences with words from the vocabulary of this chapter.*

1. *La casa de los espíritus* es una _____ chilena.

2. *En contacto* fue escrito por tres _____ amigas.

3. Jorge Luis Borges es famoso por sus _____ fantásticos y filosóficos.

4. Mozart sólo tenía cinco años cuando empezó a _____ sus primeras obras musicales.

5. Antoni Gaudí es el _____ español que diseñó una famosa iglesia en Barcelona.

6. *Don Quijote de la Mancha* es un _____ literario muy popular.

7. «Los desastres de la guerra» es el nombre de una serie de _____ del pintor español Francisco José Goya.

Lectura y comprensión

CE 12-14 Robert y Laura.com. Epílogo. *Read the following segments from the last part of "Robert y Laura.com," a short story by Paraguayan writer Lucía Scosceria, and then complete the statements that follow by circling the correct or most probable answer.*

De: Robert

Fecha: 24 de noviembre 11:36 p.m.

Asunto: Querida Laura:

Me llegó tu e-mail y me llegaron tus fotos. ¡Estás preciosa! Estoy con mucho trabajo, la compra de un departamento en Montevideo y un libro que estoy escribiendo. Tu carta me trajo un poco de placer que realmente me hacía falta y te prometo que te contestaré cada recepción. [...] No dejes de escribirme y en mi próximo viaje nos encontraremos...

Tu admirador,

Robert

De: Laura

Fecha: 19 de diciembre 6:54 p.m.

Asunto: Chat

Querido Robert:

Estoy contenta porque tal vez nos veamos. Tengo tantas cosas que contarte. Pero no lo haré por correo, los secretos te los diré oralmente. Es una pena que no podamos chatear porque es muy divertido, es como si estuviéramos hablando. Cuando vengas te enseñaré.

Un beso,

Laura

De: Robert

Fecha: 28 de enero 9:12 a.m.

Mi querida:

Ya tengo todo preparado para viajar. Unos días más y te llamaré por teléfono. Ya estoy deseando tenerte conmigo.

Todo mi amor,

Robert

De: Laura

Fecha: 9 de febrero 9:21 a.m.

Robert:

¿Viste que no es lo mismo lo virtual que lo real? Mientras nos escribíamos todo iba sobre rieles. O quizás, cada uno leía o interpretaba lo que quería. Yo, que encontraría en ti un compañero, un hombre a quien querer, que me quisiera y fuéramos felices. […] Yo te avisé que era una romántica perdida. […] Yo fui al encuentro esperando oír un «te quiero» que nunca pronunciaste. Lamento no haber sido lo que esperabas. […] Claro que te agradezco las horas que pasamos juntos, en que charlamos, oímos música y reímos juntos. Incluso hubo momentos en que fuiste el hombre que conocí epistolarmente. Apasionado. Romántico. Tierno. Galante. Pero apareció fugazmente y desapareció en seguida. Sólo necesitaba dos palabras: «Te quiero». […] No las dijiste. Porque no las sentías. Y no pudo ser. Alguna vez, cuando viaje a un país frío, no dudes, que si llego a estar en la nieve, te recordaré.

Laura.

Permission granted by Mónica Cañellas Scosceria.

1. A fines de noviembre Laura le mandó a Robert…
  a. un libro.　　　　　　b. fotos.　　　　　　　　c. un departamento.

2. Según Robert, Laura está …
  a. muy linda.　　　　　b. pretenciosa.　　　　　c. muy fea.

3. Robert le cuenta a Laura que está muy ocupado porque está…
  a. preparando un concierto.　b. vendiendo un departamento.　c. escribiendo un libro.

4. Según Laura, lo que ella le va a contar personalmente a Robert son sus …
  a. sentimientos.　　　　b. secretos.　　　　　　c. preocupaciones.

5. Laura cree que es una lástima que ella y Robert no puedan …
  a. chatear.　　　　　　b. vivir juntos.　　　　　c. verse más a menudo.

6. Ella le va a enseñar a Robert cómo chatear cuando él vaya a …
  a. Montevideo.　　　　b. España.　　　　　　　c. Buenos Aires.

7. Robert y Laura finalmente se encontraron …
  a. antes de Navidad.　　b. el día de Navidad.　　c. después de Navidad.

8. Es obvio que el encuentro entre Laura y Robert fue…
  a. un éxito.　　　　　　b. muy feliz.　　　　　　c. una desilusión.

9. Las dos palabras que Laura quería escuchar (y no escuchó) de boca de Robert eran…
  a. te necesito.　　　　b. te quiero.　　　　　　c. te busco.

10. Lo que aprenden Laura y Robert de su experiencia de ciber-amistad y ciber-noviazgo es que lo virtual no es lo mismo que lo …
  a. actual.　　　　　　　b. ideal.　　　　　　　　c. real.

Repaso

CE 12-15 Poema. *Write a poem about a concrete object, following this formula:*
First line: Tell what the object looks like; Second line: Describe it with two other senses
(smell, touch, sound, or taste); Third line: Tell how it can be important; Fourth line: Tell how
it makes you feel.

✿ **MODELO**　　Tiene luces y botones.
　　　　　　　　Es dura y murmura tranquilamente.
　　　　　　　　Es muy útil para escribir o hacer cálculos.
　　　　　　　　Me inspira y a veces me asombra (*amazes*).

_____

_____

_____

_____

_____

¡A escribir!

CE 12-16 Lecturas recomendadas. *At the request of some of her students who would like to improve their Spanish during the summer, Professor Vargas is recommending the following books and authors. Based on what's included in the descriptions below, and any additional information you could get from doing an online search of the titles or the authors, choose* <u>two</u> *of the books and explain what interests you (***Lo que me interesa [de]..., es [son],*** and so forth) about each of them and why. Take into account Professor Vargas's recommendations:* **A los que les gustan las novelas de misterio, les recomiendo *Nuestra Señora de la Soledad*; a quienes prefieren las obras inspiradas en la historia o en personajes históricos, les sugiero *El general en su laberinto*; y a los que sienten atracción por lo fantástico y lo realista mágico, les recomiendo la antología titulada *Los mejores relatos fantásticos de habla hispana*.** *Write a paragraph of 5–6 sentences for each of the two books you choose.*

1. **NUESTRA SEÑORA DE LA SOLEDAD, por Marcela Serrano**

   Carmen Ávila, famosa escritora chilena-americana, desaparece del aeropuerto de Miami, cuando está por regresar a su casa después de participar en la Feria Internacional del Libro. El enigma lo va a resolver Rosa Alvallay, una detective privada que piensa que las pistas (*clues*) las va a encontrar en los tres hombres que tuvo Carmen: su marido, un escritor mexicano y un guerrillero que fue su amante.

2. **EL GENERAL EN SU LABERINTO, por Gabriel García Márquez**

   Inspirada en los últimos días de la vida de Simón Bolívar (1783–1830), el «Libertador de América», la novela narra su último viaje por el río Magdalena, su deteriorada salud y su muerte. Por medio de *flashbacks* de sus campañas militares, sus deseos y sueños, su vida personal y pública, la obra reconstruye también la historia de luchas por la independencia sudamericana.

3. **LOS MEJORES RELATOS FANTÁSTICOS DE HABLA HISPANA**

   Antología que reúne una magnífica selección de cuentos breves de narradores españoles e hispanoamericanos. Entre los autores incluidos están Jorge Luis Borges, Ana María Matute, Gabriel García Márquez, Javier Marías y varios más. Explorando los límites de la realidad y la fantasía, estos relatos nos introducen al mundo mágico y misterioso del cuento fantástico y realista mágico en lengua hispana.

CAPÍTULO 1

En busca de la felicidad

CD 1,
Track 2

ML1-1 *Mike Martin, an American student, goes to a party at the home of a Colombian friend.*

A. *Listen to the conversation that takes place when Mike arrives at the party. You will then hear three questions based on it. Circle the letters of the correct answers. Each question will be repeated.*

1. (a) Román   (b) Ramón   (c) Raimundo

2. (a) amigos   (b) hermanos   (c) compañeros de cuarto

3. (a) cerveza   (b) vino   (c) agua mineral

CD 1,
Track 3

B. *Now listen to the conversation again. You will hear five statements based on it. Circle* **V (verdadero)** *if what you hear is true and* **F (falso)** *if what you hear is false. Each statement will be repeated.*

1. V   F

2. V   F

3. V   F

4. V   F

5. V   F

CD 1,
Track 4

ML1-2 *Later, at the same party, Mike tries to start a conversation with Julia.*

A. *Listen to their conversation. Then complete the sentences that follow by circling the letters of the appropriate endings. Each sentence will be repeated.*

1. (a) bailarina   (b) estudiante   (c) actriz

2. (a) estupenda   (b) estúpida   (c) horrible

3. (a) casado   (b) entusiasmado   (c) cansado

4. (a) fantástico   (b) diferente   (c) emocionante

CD 1,
Track 5

B. *Now listen to their conversation again. You will hear four statements. Circle* **Julia** *or* **Mike** *whomever the statement refers to. Each statement will be repeated.*

1. Julia   Mike

2. Julia   Mike

3. Julia   Mike

4. Julia   Mike

139

ML1-3 *Answer in the affirmative, following the models. Then repeat the correct response after the speaker. The questions will be repeated.*

CD 1, Track 6

MODELO
a. ¿Prefieres la música popular?
Sí, prefiero la música popular.
b. ¿Te gustan las fiestas?
Sí, me gustan las fiestas.

ML1-4 *You will hear a brief conversation between Raúl and Manuel. Follow their conversation and write in the missing words. The entire dialogue will be repeated to help you check your answers.*

CD 1, Track 7

RAÚL: ¿Cómo se llama tu _____ _____ _____?

MANUEL: _____ _____ Luis García. ¿Sabes que _____ muy bien _____ _____?

RAÚL: ¡Qué bien! Él toca la guitarra y tú _____ ¡como Julio Iglesias! Ustedes dos _____ _____ mucho juntos, ¿no?

MANUEL: Sí. La verdad es que en general _____ _____ bien y no _____ _____ nunca. _____ _____ de empezar un grupo musical...

RAÚL: ¡Un grupo _____! ¿Y cuándo piensan _____?

MANUEL: En nuestros _____ _____, durante los _____ _____ _____ o _____ _____ _____, después de estudiar... Luis y yo vamos a _____ el sábado por _____ _____ para decidir esos detalles (*details*)... ¿Quieres formar parte del grupo...?

RAÚL: Pues... no sé... ¡Es una idea _____! Yo los puedo _____ con el violín, ¿no...?

MANUEL: ¡Claro! Con la guitarra de Luis, tu violín... y mi voz, ¡vamos a formar un trío sensacional!

ML1-5 *You will hear eight sentences; each one will be read twice. Three possible endings to each sentence will be given. Complete each sentence with the correct ending, following the model. Then repeat the correct response after the speaker.*

CD 1, Track 8

MODELO
El rugby deriva del...
a. béisbol   b. fútbol *soccer*   c. vólibol
Deriva del fútbol *soccer*.

STUDENT ACTIVITIES MANUAL **Manual de laboratorio**

ML1-6 *You will hear eight questions; each one will be read twice. These questions could be addressed to* **Paco,** **Paco y Susana,** *or* **la señora González.** *For each question, give the name of the person or persons to whom it is addressed:* **Paco, Paco y Susana,** *or* **la señora González.**

☀ **MODELO** ¿Vas a acompañarme al teatro?
Paco

ML1-7 *You will hear six questions based on the thematic vocabulary and cultural content of this chapter. Answer them by circling the letters of the correct answers. Each question will be repeated.*

1. (a) en mayo o junio   (b) en febrero o marzo   (c) en noviembre o diciembre

2. (a) en Paraguay   (b) en Uruguay   (c) en España

3. (a) en África   (b) en América   (c) en Europa

4. (a) con el béisbol   (b) con el tenis   (c) con el fútbol

5. (a) con el boxeo   (b) con el fútbol   (c) con el béisbol

6. (a) con la música   (b) con la pintura   (c) con el baile

ML1-8 *Read and listen to the following paragraph on popular music of the sixties in Latin America. You will hear ten statements based on it. Each statement will be read twice. Circle* **V** **(verdadero)** *if the statement is true and* **F** **(falso)** *if it is false.*

> La década de los años sesenta es una década de mucha actividad cultural en toda América Latina. En música hay un nuevo interés por el folklore. Se multiplican los programas musicales en la radio y en la televisión. Empieza en esos años la tradición de las peñas urbanas, especialmente en Chile y en Argentina. Antes de los años sesenta ya existen las peñas campesinas. Se llaman así las barracas° temporales que construyen los campesinos en el campo para celebrar fiestas religiosas o nacionales. Desde el principio las peñas constituyen centros de reunión donde van las gentes para conversar, cantar, bailar y comer juntos. La primera peña urbana nace en Santiago (Chile) y es la famosa «Peña de los Parra», organizada por la cantante popular Violeta Parra, sus hijos Ángel e Isabel Parra, y por otros conocidos cantantes chilenos. En Chile las peñas tienen un papel muy importante en el nacimiento° de la «nueva canción chilena», un movimiento musical cuya temática° habla de los problemas políticos, económicos y sociales de esos años.

huts

birth
cuya... *whose themes*

1. V   F   **5.** V   F   **9.** V   F

2. V   F   **6.** V   F   **10.** V   F

3. V   F   **7.** V   F

4. V   F   **8.** V   F

ML1-9 *The following song, «**Navidad del Paraguay**», was written by Mercedes Jané and put to music by Esteban Morábito. It describes some typical decorations in a traditional «**pesebre**» (Nativity scene, manger) during the Christmas season in Paraguay, where the end-of-year holidays fall in the summer. Read along as you listen to the lyrics being read by a native speaker and then do the multiple-choice activity that follows. (Note: If you would like to hear this song, with music, you can find a version of «**Navidad del Paraguay**» on YouTube™.)*

NAVIDAD DEL PARAGUAY

Letra: Mercedes Jané
Música: Esteban Morábito

Navidad de flor de coco,°   coconut
Navidad del Paraguay.

Ya está el pesebre adornado:°   decorado
el niño en su lecho° está,   bed
la Virgen vela su sueño,°   **vela**... *watches over his sleep*
su sueño de eternidad.
Los ángeles cantan ¡Gloria!,
las estrellas° brillan° más,   stars / shine
el jazmín pone su aroma,°   perfume
la luna° su claridad.°   moon / light
:
Navidad de flor de coco,
Navidad del Paraguay.

No te olvides° Niño mío   **No**... *Don't forget*
de poner en su lugar°   **en**... *in their place*
los Reyes° y sus tesoros°   *Here:* los Reyes Magos... *the Magi / treasures*
y la estrella de la paz.

El burrito,° la vaquita,°   little donkey / little cow
la ovejita,° el picaflor,°   little sheep / hummingbird
y sobre todo° alma mía,°   **sobre**... *above all /* **alma**... *my soul*
pon todo tu corazón.°   **pon**... *put your whole heart*

Reproduced with the permission of the author Mercedes Jané.

*Now, complete the statements you hear by circling **a** or **b**, as appropriate. Each sentence will be read twice.*

1. (a) con ángeles y estrellas

   (b) con la flor de coco

2. (a) el niño está en su cama

   (b) la Virgen no está con el niño

3. (a) los Reyes Magos con sus regalos

   (b) los reyes de Oriente con sus esposas

4. (a) elefantes y camellos pequeños

   (b) vacas y burros pequeños

CAPÍTULO 2

Vejez y juventud

CD 1,
Track 14
ML 2-1 *Jessica Jones, a North American student, is traveling by bus from Bucaramanga, Colombia, to Bogotá, the capital. On the bus she meets Miguel Gutiérrez.*

A. *Listen to their conversation. Then circle the words that are mentioned.*

1. maleta
2. nieta
3. abuelos

4. hijos
5. patria chica
6. grande

CD 1,
Track 15
B. *Now listen to the conversation again. You will hear five statements based on it. Circle **V (verdadero)** if what you hear is true and **F (falso)** if it is false. Each statement will be repeated.*

1. V   F
2. V   F
3. V   F

4. V   F
5. V   F

CD 1,
Track 16
ML 2-2 *Jessica describes her family to Mr. Gutiérrez.*

A. *Listen to this part of their conversation. You will hear four questions based on it. Circle the letters of the correct answers. Each question will be repeated.*

1. (a) de Canadá
2. (a) en Boston
3. (a) nueve
4. (a) ver el mundo

(b) de Estados Unidos
(b) en Brooklyn
(b) quince
(b) casarse con su novio

CD 1,
Track 17
B. *Now listen to the conversation again. Complete the sentences that follow by circling the letters of the appropriate endings. Each statement will be repeated.*

1. (a) doctores   (b) profesores   (c) estudiantes
2. (a) un hermano   (b) una hermana   (c) quince años
3. (a) hijos   (b) nietos   (c) hermanos
4. (a) iban al cine   (b) usaban drogas   (c) se casaban
5. (a) a Jake   (b) al Sr. Gutiérrez   (c) a la nieta del Sr. Gutiérrez

ML 2-3 *Restate the following sentences in the preterit. Then repeat the correct response after the speaker.*
The sentences will be repeated.

CD 1,
Track 18

⚙ **MODELOS** a. María sabe la respuesta.
                 María supo la respuesta.

                   Ellos vienen temprano.
                   Ellos vinieron temprano.

ML 2-4 *Restate the following sentences in the imperfect. Then repeat the correct response after the speaker.*
The sentences will be repeated.

CD 1,
Track 19

⚙ **MODELOS** a. Paco tiene diez años.
                 Paco tenía diez años.

                 b. Ustedes quieren comer.
                 Ustedes querían comer.

ML 2-5 *Several people from the Spanish-speaking world were asked:* **¿A quién admira mucho? ¿Qué hizo y por**
qué lo (la) admira? *Listen to what they said and complete their answers with the missing verbs.*

CD 1,
Track 20

Vocabulario: luchar *to fight;* **sacrificar** *to sacrifice;* **capturar** *to capture;* **formar** *to form*

1. Miriam Castillo, Colombia: César Chávez. Soy colombiana, pero vivo en California. César Chávez

  _____ el líder de los United Farm Workers. _____ de mejorar (*improve*) la situación

  de los trabajadores agrícolas (*farm workers*).

2. Gabriela Romero, México: Sor Juana Inés de la Cruz, una poetisa mexicana. _____ mucho

  por los derechos de la mujer... _____ toda su vida por el estudio. A las mujeres no se les

  _____ el acceso a los libros y al estudio. Entonces ella _____ llevar una vida de

  sacrificio... todo por poder tener acceso al estudio y a los libros.

3. Begoña Paez, España: Miguel de Cervantes, el autor del *Quijote*. _____ una vida muy dura.

  Los turcos lo _____ en una batalla y _____ cinco años en la cárcel (*prison*). Por fin

  _____ a España. El *Quijote* se puede considerar como el principio de la literatura moderna y una

  atrevida (*daring*) parodia de las extravagancias de la sociedad del siglo dieciséis en España.

4. Rafael Sauceda, Honduras: El indio Lempira. Cuando los españoles _____ aquí, _____

  una alianza con todas las tribus de la región y _____ por establecer la soberanía (*sovereignty*)

  de Honduras. Es una historia muy importante para nosotros. Por su valentía (*valor*) le _____ el

  nombre *lempira* a la moneda (*currency*) de Honduras.

ML 2-6 *Answer the questions in the affirmative, using* **hace** *plus the expression of time indicated, as in the model. Then repeat the correct response after the speaker. The questions will be repeated.*

CD 1,
Track 21

⚙ **MODELO**   ¿Ya se casaron Marta y José? (dos meses)
Sí, hace dos meses que ellos se casaron.

ML 2-7 *For each item below, check the sentence that you hear. Each sentence will be read twice.*

CD 1,
Track 22

⚙ **MODELO**   ( ) Ella va con el padre.
(x) Ella ve al compadre.

1. ( )   Mi abuela se rió mucho.　　　　　**4.** ( )   Ellos llevaban una vida feliz.

　　( )   Mi abuela sonrió mucho.　　　　　　( )   Ellos llevaban una vida infeliz.

2. ( )   ¿Se casó usted ayer?　　　　　　**5.** ( )   Decidió ir al concierto.

　　( )   ¿Se cansó usted ayer?　　　　　　　( )   Decidí oír el concierto.

3. ( )   Él ve si no viene su novia.

　　( )   El vecino viene con su novia.

ML 2-8 *For every family relationship there is always an inverse. If Raúl is Juana's son, for example, then Juana is Raúl's mother. Complete each of the following statements with the inverse correspondent of the family relationship you hear described. Include the appropriate definite articles. Each statement will be repeated.*

CD 1,
Track 23

1. Yo soy _____ de Carlos y Susana.

2. Sergio es _____ de Carmen.

3. Teresa es _____ de Lupe.

4. Anita y María son _____ de don Pedro.

5. Ernesto y Tomás son _____ de Diana.

6. Isabel es _____ de Eduardo.

ML 2-9　**A.** *Listen to the following dialogue, which takes place in a marriage counselor's office.*

CD 1,
Track 24

B. *The first half will now be repeated. Answer the four questions that follow by marking the correct response.*

CD 1,
Track 25

1. ( )   Ella le dijo que estaba un poco cansada.　　**3.** ( )   Hace tres años que él se casó con ella.

　　( )   Ella le dijo que estaba cansada de él.　　　　( )   Hace solo un año que ellos se casaron.

　　( )   Ella le dijo que estaba cansada de estar casada.　　( )   Hace dos años que ellos se casaron.

2. ( )   Ella se casó dos veces.　　　　　　　**4.** ( )   Él la conoció cuando murió su segundo esposo.

　　( )   Ella se casó solo una vez.　　　　　　　( )   Él la conoció en el entierro de su primer esposo.

　　( )   Ella se casó tres veces.　　　　　　　　( )   Él la conoció cuando ella tenía quince años.

CD 1,
Track 26

C. The second half will now be repeated. Answer the last four questions by marking the correct response.

5. ( ) Debe dejar a su esposa.

( ) Debe ir al cine con su esposa.

( ) Debe hablar con su esposa.

6. ( ) En un teatro.

( ) En un hospital.

( ) En un cementerio.

7. ( ) El día de la muerte del cliente.

( ) El día de su cumpleaños.

( ) El año próximo.

8. ( ) Él dice que no le va a decir adiós a su esposa.

( ) Él dice que está cansado de estar casado con su esposa.

( ) Él dice que no tiene dinero para pagarle al doctor.

ML 2-10 *Write the following sentences as you hear them. Each sentence will be repeated. At the end of the dictation, the entire paragraph will be read once again.*

CD 1,
Track 27

1. _____

2. _____

3. _____

4. _____

5. _____

6. _____

7. _____

8. _____

_____

146   STUDENT ACTIVITIES MANUAL **Manual de laboratorio**

© 2012 Cengage Learning. All Rights Reserved. May not be scanned, copied or duplicated, or posted to a publicly accessible website, in whole or in part.

NOMBRE _____ FECHA _____ CLASE _____

CAPÍTULO 3

Presencia latina

CD 2,
Track 2

ML 3-1 *Before leaving for Colombia, Mike interviewed some immigrants from Latin America, among them one who originally came to the United States for economic reasons, and another for political reasons.*

A. *Listen to Mike's interview with Sethy Tomé, an immigrant from Honduras. Then circle the ideas she associates with her native country.*

1. oportunidades económicas

2. buena posición profesional

3. tener cerca a la familia

4. dificultad en crear nuevos amigos

5. clima magnífico

CD 2,
Track 3

B. *Now listen to the interview again. You will then hear six statements based on it. Circle **V** (**verdadero**) if what you hear is true and **F** (**falso**) if what you hear is false. Each statement will be repeated.*

1. V   F   3. V   F   5. V   F

2. V   F   4. V   F   6. V   F

CD 2,
Track 4

ML 3-2 *In this interview, Mike talks with Prudencio Méndez, another immigrant from Latin America.*

A. *Listen to their conversation. Then circle below the ideas that Prudencio associates with his native country.*

1. problemas políticos

2. vida tranquila

3. mirar televisión

4. ritmo de vida acelerado

5. oportunidades de trabajo

6. comunicación y sociabilidad

CD 2,
Track 5

B. *Now listen to the interview again. You will then hear six statements based on it. Circle **V** (**verdadero**) if what you hear is true and **F** (**falso**) if it is false. Each statement will be repeated.*

1. V   F   3. V   F   5. V   F

2. V   F   4. V   F   6. V   F

CD 2,
Track 6

ML 3-3 *For each of the drawings in your manual, you will hear four sentences, two of which are correct and two incorrect. Write only the correct sentences. Each pair of sentences will be read twice.*

1. El niño _____

_____

3. El profesor _____

2. La doctora _____

_____

4. Él _____

5. Los turistas _____

_____

7. Papá _____

_____

6. La estación _____

_____

8. El cuarto _____

_____

CD 2,
Track 7

ML 3-4 *Give the plural forms of the phrases you hear. Then repeat the correct response after the speaker. The phrases will be repeated.*

⚙ **MODELO**   el primer lugar interesante
los primeros lugares interesantes

CD 2,
Track 8

ML 3-5 *Give the feminine forms of the phrases you hear. Then repeat the correct response after the speaker. The phrases will be repeated.*

⚙ **MODELO**   estos pasajeros puertorriqueños
estas pasajeras puertorriqueñas

CD 2,
Track 9

ML 3-6 *Answer the questions in the imperfect tense, using **ser** or **estar**, following the models. Then repeat the correct response after the speaker. The questions will be repeated.*

⚙ **MODELOS**   ¿En el extranjero?... ¿el señor Gómez?
Sí, estaba en el extranjero.

¿Un país muy rico?... ¿Inglaterra?
Sí, era un país muy rico.

148   STUDENT ACTIVITIES MANUAL **Manual de laboratorio**

ML 3-7 *Answer the following questions in the affirmative, using possessives and demonstratives, following the models. Then repeat the correct response after the speaker. The questions will be repeated.*

⚙ **MODELOS** ¿Es este tu vuelo?
Sí, este vuelo es mío.

¿Son estas sus maletas (i.e., las maletas de ellos)?
Sí, estas maletas son suyas.

ML 3-8 *You will hear five sentences; each one will be read twice. Three possible endings to each sentence will be given. Complete each sentence with the correct ending, following the model. Then repeat the correct response after the speaker.*

⚙ **MODELO** Una persona que entra a un país con intención de quedarse a vivir allí es un...
a. ciudadano. b. turista. c. inmigrante.
Es un inmigrante.

ML 3-9 *Listen to the following passage about Hispanics in the U.S. You will then hear five statements based on it. Circle* **V** *(verdadero) if what you hear is true and* **F** *(falso) if it is false. Each statement will be repeated.*

1. V   F   **4.** V   F

2. V   F   **5.** V   F

3. V   F

ML 3-10 *You will hear a paragraph about Gloria Estefan and her admirable musical career. As you listen to it, fill in the missing words in your lab manual. The entire paragraph will be repeated to help you check your answers.*

La cantante, compositora y actriz cubana Gloria Estefan nació en La Habana en 1957 pero llegó a los Estados

Unidos con 1. _____ cuando solo tenía un año y medio. Ellos tuvieron que dejar Cuba y emigrar a

2. _____ por razones políticas. Se instalaron en Miami, donde vivieron en un apartamento 3.

_____ situado en un 4. _____. Desde niña, Gloria siempre colaboró con grupos musicales

que cantaban en inglés canciones de los Beatles y de otros cantantes populares de 5. _____.

Cuando estaba en la universidad, empezó a cantar y a participar en conciertos con un grupo que tocaba música

latina. A los dieciocho años se unió al grupo de «The Miami Latin Boys», luego convertido en el «Miami

Sound Machine», invitada por Emilio Estefan, líder del grupo. Gloria y Emilio se casaron en 1978 y han tenido

6. _____ juntos. En los años 80 publicaron varios discos con «The Miami Sound Machine» y se

hicieron conocer por toda Latinoamérica. En 1990 Gloria tuvo un accidente automovilístico grave cuando

regresaba a su casa después de un concierto en la Casa Blanca. Por suerte, con el tiempo se ha recuperado

muy bien y para ella empezó otra etapa 7. _____ de mucho éxito, ahora como cantante solista.

En 1993 presentó *Mi tierra*, su primer álbum en español, y ganó su primer *Grammy*. Luego, con su segundo

álbum en español, *Abriendo puertas*, obtuvo otro *Grammy*. En 1996 cantó en la ceremonia de clausura de los 8. _____ Olímpicos de Atlanta y publicó varios álbumes más. En 2000 salió su noveno álbum

en español, *Alma Caribeña*, y con 9. _____ ganó un *Grammy Latino* y también un *Grammy*

Anglosajón. En 2007 publicó su álbum más reciente, *90 Millas*, también en español. El título se refiere a las

90 millas que separan Miami de Cuba. Hoy día, Gloria Estefan está entre los representantes de

10. _____ más conocidos y más famosos del mundo. Y es una de los 20 cantantes que más discos ha

vendido en la historia de la música mundial.

ML 3-11 Versos famosos. *The following verses by José Martí (1853–1895), Cuban poet and national hero, come from his book* **Versos sencillos** *(Simple Verses, 1891). The stanzas reproduced below have become famous because they were adapted to the song* «Guantanamera». *Read along as you listen to the poem being read by a native speaker and then do the comprehension exercise that follows. (Note: If you would like to hear these verses, with music, you can find a version of* «Guantanamera» *on YouTube.)*

CD 2, Track 14

VERSOS SENCILLOS
de **José Martí**

Yo soy un hombre sincero
de donde crece la palma,°   crece... *the palm tree grows*
y antes de morirme quiero
echar° mis versos del alma.   decir

Cultivo una rosa blanca
en junio como en enero
para el amigo sincero
que me da su mano franca.°   honesta, sincera

Y para el cruel que me arranca°   *tears out*
el corazón con que vivo,
cardo° ni ortiga° cultivo,   *thistle / nettle*
cultivo una rosa blanca.

Mi verso es de un verde claro.
y de un carmín encendido,°   **carmín**... bright red
mi verso es un ciervo° herido°   *deer / injured*
que busca en el monte° amparo.°   *forest / protección*

Con los pobres de la tierra
quiero yo mi suerte echar,°   *to toss*
el arroyo° de la sierra°   *stream / mountain range*
me complace° más que el mar.°   *pleases / sea*

Versos sencillos (1891) by José Martí.

Now you will hear ten statements based on these verses. Circle **V** **(verdadero)** *if what you hear is true or* **F** **(falso)** *if it is false. Each statement will be read twice.*

CD 2, Track 15

| 1. V F | 3. V F | 5. V F | 7. V F | 9. V F |
| 2. V F | 4. V F | 6. V F | 8. V F | 10. V F |

150   STUDENT ACTIVITIES MANUAL **Manual de laboratorio**

© 2012 Cengage Learning. All Rights Reserved. May not be scanned, copied or duplicated, or posted to a publicly accessible website, in whole or in part.

CAPÍTULO 4

Amor y amistad

 ML 4-1 *Julia is at home when she receives a call from Alberto.*

CD 2,
Track 16

A. *Listen to their conversation. You will hear five comments. For each one of them, circle **Sí** if you agree and **No** if you disagree with what you hear. Each comment will be repeated.*

1. Sí   No   4. Sí   No

2. Sí   No   5. Sí   No

3. Sí   No

 B. *Now listen to the conversation again. You will then hear five statements based on it. Circle **V** (**verdadero**) if what you hear is true and **F** (**falso**) if what you hear is false. Each statement will be repeated.*

CD 2,
Track 17

1. V   F   4. V   F

2. V   F   5. V   F

3. V   F

 ML 4-2 *Julia receives another telephone call.*

CD 2,
Track 18

A. *Listen to this conversation. You will then hear four statements, each of which is true for either **Camila**, **Todo sobre mi madre**, or **La vida sigue igual**, the three movies discussed in the conversation. Circle the letter of the film the statement refers to. Each statement will be repeated.*

1. (a) *Camila*   (b) *Todo sobre mi madre*   (c) *La vida sigue igual*

2. (a) *Camila*   (b) *Todo sobre mi madre*   (c) *La vida sigue igual*

3. (a) *Camila*   (b) *Todo sobre mi madre*   (c) *La vida sigue igual*

4. (a) *Camila*   (b) *Todo sobre mi madre*   (c) *La vida sigue igual*

 B. *Now listen to the conversation again. You will then hear four statements based on it. Circle **V** (**verdadero**) if what you hear is true and **F** (**falso**) if it is false. Each statement will be repeated.*

CD 2,
Track 19

1. V   F   3. V   F

2. V   F   4. V   F

ML 4-3 *You will hear four sentences in the preterit tense. Using the cues provided, restate them in the future tense, following the model. Then repeat the correct response after the speaker. The sentences will be repeated.*

🔅 **MODELO**   Ayer fui al cine. Mañana también...
  Mañana también iré al cine.

ML 4-4 *You will hear four sentences in the present tense. Restate them in the past, using the preterit in the main clause. Follow the model. Then repeat the correct response after the speaker. The sentences will be repeated.*

🔅 **MODELO**   Juan cree que pronto romperá con Susana.
  Juan creyó que pronto rompería con Susana.

ML 4-5 *Complete the following sentences by making comparisons of equality, using the cues provided and* **tan** *or a form of* **tanto(-a, -os, -as)** *as appropriate. Follow the models. Then repeat the correct response after the speaker. The sentences will be repeated.*

🔅 **MODELOS**   a. Conocemos a una persona... (optimista, usted)
    Conocemos a una persona tan optimista como usted.

  b. Aquí hay... (hombres, mujeres)
    Aquí hay tantos hombres como mujeres.

ML 4-6 *Answer the following questions affirmatively, using irregular comparative forms. Follow the models. Then repeat the correct response after the speaker. The questions will be repeated.*

🔅 **MODELOS**   a. Jorge y tú tienen buenas clases, ¿no?
    Sí, pero Jorge tiene mejores clases que yo.

  b. Pepito y Lupita son pequeños, ¿no?
    Sí, pero Pepito es menor que Lupita.

ML 4-7 *You will hear six definitions. After each one, circle the letter (*a*, *b*, or *c*) that corresponds to the words defined. Each definition will be read twice. Follow the model.*

🔅 **MODELO**   En un país democrático, relación ideal entre los ciudadanos...
  (a) dependencia   (b) discriminación   (c) igualdad

1. (a) compartir   (b) cambiar   (c) acompañar

2. (a) obligación   (b) derecho   (c) amistad

3. (a) verdadero   (b) actual   (c) real

4. (a) débil   (b) celoso   (c) fuerte

5. (a) prometer   (b) apoyar   (c) evitar

6. (a) tareas   (b) trabajos   (c) papeles

ML 4-8 *Listen to the following passage. Then do the true/false exercise that follows. Mark **V** (**verdadero**) in the blank if what you hear is true or **F** (**falso**) if it is false.*

CD 2,
Track 25

Vocabulario: el ejército *army*

1. _____ La película *Como agua para chocolate* trata de las relaciones entre los hombres y las mujeres en la España de 1931.

2. _____ La República es una época de liberación social y sexual.

3. _____ Fernando deserta del ejército.

4. _____ Don Manolo es un hombre mayor que ayuda a Fernando.

5. _____ Las hijas de don Manolo son muy feas.

6. _____ Rocío está a punto de casarse con un hombre a quien no quiere mucho.

7. _____ Luz es la mayor de las cuatro hermanas.

8. _____ Luz tiene celos de sus hermanas porque ella también está enamorada de Fernando.

ML 4-9 Los futuros esposos. *You will hear a paragraph about Manuel and Sofía, followed by some questions. Listen to the paragraph, which will be read twice.*

CD 2,
Track 26

Vocabulario

luna de miel	*honeymoon*
posponer	*to postpone*
barco	*ship, boat*
gastar	*to spend*
a fines de	*at the end of*

Now answer the questions with short responses, following the model.

CD 2,
Track 27

◆ MODELO   *You hear and see:*   ¿Cuándo se van a casar Manuel y Sofía?
               You write: **el 12 de junio próximo**

1. ¿Cuándo se conocieron ellos?

_____

2. ¿Dónde pasarán su luna de miel?

_____

3. ¿Qué países de Europa visitarán?

_____

4. ¿Adónde no irán en este viaje?

_____

5. ¿Cuánto tiempo estarán en Europa?

_____

6. ¿Cómo viajarán a Latinoamérica?

_____

7. ¿Con quiénes se quedarán en Lima?

_____

8. ¿Qué profesión tienen Sofía y Manuel?

_____

9. ¿Qué va a enseñar Sofía?

_____

CAPÍTULO 5

Vivir y aprender

CD 3,
Track 2

ML 5-1 *Jessica Jones is living in Bogotá with her friend Julia Gutiérrez; both are attending the **Universidad de los Andes** there. They are in class or working almost all day long. When they get home, they listen to the messages they have on the answering machine.*

A. *Listen to the three messages that Jessica receives. You will then hear five questions based on them. Circle the letters of the correct answers. Each question will be repeated.*

1. (a) su libro de antropología   (b) sus apuntes

2. (a) hoy por la noche   (b) hoy antes de las seis

3. (a) en Colombia   (b) en la librería universitaria

4. (a) sus apuntes   (b) su cartera

5. (a) antes de las seis   (b) después de las ocho

CD 3,
Track 3

B. *Now listen to the three messages again. You will then hear six statements, each of which is true for either* Tomás, Consuelo Díaz, *or* Silvia Salazar. *Circle* **Tomás, Consuelo Díaz,** *or* **Silvia Salazar,** *whomever the comment refers to. Each statement will be repeated.*

1. Tomás	Consuelo Díaz	Silvia Salazar
2. Tomás	Consuelo Díaz	Silvia Salazar
3. Tomás	Consuelo Díaz	Silvia Salazar
4. Tomás	Consuelo Díaz	Silvia Salazar
5. Tomás	Consuelo Díaz	Silvia Salazar
6. Tomás	Consuelo Díaz	Silvia Salazar

CD 3,
Track 4

ML 5-2 *Raúl is worried because he has been getting poor grades lately. Make sentences using* **Ojalá que** *and the subjunctive, as he would. Follow the models. Then repeat the correct response after the speaker.*

❖ **MODELOS**   a. yo / poder graduarme
Ojalá que yo pueda graduarme.

b. mis padres / pagar mi matrícula
Ojalá que mis padres paguen mi matrícula.

ML 5-3 *Create new sentences by substituting in the base sentence the word or phrase given for the underlined one. Follow the models. Then repeat the correct response after the speaker.*

✿ **MODELOS**   Es increíble que ella esté en la biblioteca.
(Esperamos)
Esperamos que ella esté en la biblioteca.
(Es evidente)
Es evidente que ella está en la biblioteca.

1. Creo que él quiere seguir medicina.

2. ¿Insistes en que yo vaya a esa clase?

3. Es mejor que tú te especialices en ciencias de computación.

4. Temo que ustedes fracasen en este examen.

5. Es cierto que esa profesora es muy exigente.

ML 5-4 *You will hear five statements related to studies. Mark the most logical response to the statement you hear. Then repeat the correct response after the speaker. The statements will be repeated.*

✿ **MODELO**   ¡Saqué una A más en el examen de física!
(x) ¡Qué bien! Veo que eres un estudiante excepcional.
( ) ¡Qué lástima! Ahora tienes que estudiar más.
( ) Es obvio que no tienes problemas con las lenguas.

1. ( )   ¿Por qué? ¿Crees que sea muy aburrida para él?

   ( )   Su madre no quiere que él saque malas notas.

   ( )   ¿Por qué? Es posible que él pueda ayudarte.

2. ( )   Es posible que tus padres estén muy felices.

   ( )   Entonces será mejor que empieces a buscar trabajo.

   ( )   Vas a graduarte más temprano.

3. ( )   Ojalá que lleguen mañana.

   ( )   Tus padres insisten en que te especialices en literatura.

   ( )   ¿Qué quieren que hagas?

4. ( )   Pero estoy seguro que hay otros sobre el mismo tema, ¿no?

   ( )   ¡Qué bien! Entonces podemos ir a la biblioteca.

   ( )   Es lógico que él sea exigente, ¿no?

5. ( )   Porque quiero viajar a Francia y a Italia.

   ( )   Porque quiero especializarme en estudios latinoamericanos.

   ( )   Porque mañana tengo que pagar la matrícula.

ML 5-5 *You will hear eight brief monologues. In your manual, circle the letter that corresponds to the occupation or field of specialization of the person speaking. Follow the model.*

CD 3, Track 7

✿ **MODELO** ¿Por qué no vino antes? Con la salud no hay que jugar, señora. Es probable que ese tumor sea benigno, pero uno nunca sabe...

campo: a. química ⓑ**medicina**

1. ocupación: a. profesor   b. arquitecto

2. campo: a. matemáticas   b. economía

3. ocupación: a. maestra   b. vendedora

4. campo: a. filosofía   b. sociología

5. ocupación: a. escritora   b. agente de viajes

6. campo: a. ingeniería   b. literatura

7. ocupación: a. abogado   b. policía

8. ocupación: a. estudiante   b. secretario

ML 5-6 *Cecilia and Ramón are studying together and exchanging some impressions about their lives as students in this country. The conversation will be divided into two parts. Each part will be read twice. After each part, you will hear several statements based on it. Circle **V** (**verdadero**) if what you hear is true and **F** (**falso**) if it is false.*

CD 3, Track 8

1. V   F

2. V   F

3. V   F

4. V   F

(Now you will hear the second part of the dialogue.)

5. V   F

6. V   F

7. V   F

8. V   F

9. V   F

10. V   F

CD 3,
Track 9

ML 5-7 Una canción de amor. *The following song, with lyrics by Carlos Agustín Bedoya and music by Juan Bernardino Méndez Vall, is part of a group of compositions created in the 1970s by young Paraguayan musicians, poets, and composers living in exile, most of them in Buenos Aires, Argentina. They speak of love and longing, loss and nostalgia. Read along as you listen to the song and then do the comprehension exercise that follows.*

QUERER

Letra de Carlos Agustín Bedoya
y
Música de Juan Bernardino Méndez Vall

Emigrante rojo es mi corazón
fuera° ya del pecho° canta por tu amor.   *outside / chest*
Tu nombre, tu nombre, tan solo tu nombre
a seguir le impulsa° por sendas° de sol.   *pushes / paths*

Latirá° en tu sangre° al pedirte el pan   *It will beat / blood*
que calienta el clima° de su soledad;°   *climate / solitude*
tan solo, tan solo, tan solo en tus sueños
podrá hallar° la clave° para su ideal.   *encontrar / key*

De tus ojos quiero las razones claras
contra° la estrategia de la oscuridad;°   *against / darkness*
tu lunar,° tu boca, signos° de alegría,   *beauty mark / signs*
quiero como escudo° en la adversidad.   *shield*

Dame niña dame, dame sin pedirte
tu candor° moreno,° tierra sin arar;°   *inocencia / dark skin / tierra... unplowed land*
sembraré° yo en ella religiosamente   *plantaré*
un maizal° de amores, mi cañaveral.°   *corn field / reedbed*

Used with permission of the authors, Carlos A. Bedoya & Juan B. Méndez Vall.

CD 3,
Track 10

You will now hear five statements based on the song. Circle **V** **(verdadero)** *if the statement is true and* **F** **(falso)** *if it is false. Each statement will be read twice.*

1. V   F   **4.** V   F

2. V   F   **5.** V   F

3. V   F

CAPÍTULO 6

De viaje

CD 3,
Track 11

ML 6-1   *Mike and Julia are on a trip to Cartagena with some friends.*

A. *Listen to this part of their conversation. You will then hear five questions based on it. Circle the letters of the correct answers. Each question will be repeated.*

1. (a) la ciudad de Cartagena   (b) el castillo de San Felipe

2. (a) toman un taxi   (b) caminan más de dos cuadras

3. (a) murallas muy altas   (b) murallas muy anchas

4. (a) de España o Portugal   (b) de Inglaterra o Francia

5. (a) oro y cosas preciosas   (b) murallas y piratas

CD 3,
Track 12

B. *Now listen to the conversation again. You will then hear five statements based on it. Circle* **V** (**verdadero**) *if what you hear is true and* **F** (**falso**) *if it is false. Each statement will be repeated.*

1. V   F

2. V   F

3. V   F

4. V   F

5. V   F

CD 3,
Track 13

ML 6-2   *Mike and Julia decide to take a tour of San Felipe Castle in Cartagena.*

A. *Listen to their conversation. Then complete the sentences that follow by circling the letters of the appropriate endings. Each sentence will be repeated.*

1. (a) muchos cañones   (b) una gran esmeralda

2. (a) norteamericanos   (b) españoles

3. (a) primos   (b) medio hermanos

4. (a) un pedazo de cuerpo   (b) mucha gloria

B. *Now listen to the conversation again. You will then hear six phrases. Circle the letter of the person or group that you associate with each of them. The phrases will be repeated.*

1. (a) piratas   (b) españoles   (c) indios

2. (a) Isabel la Católica   (b) Isabel I de Inglaterra   (c) Isabel II de Inglaterra

3. (a) los españoles   (b) los indios   (c) los norteamericanos

4. (a) George Washington   (b) Edward Vernon   (c) Lawrence Washington

5. (a) 30 000   (b) 300 000   (c) 3000

6. (a) Edward Vernon   (b) Lawrence Washington   (c) Blas de Lezo

ML 6-3 *Eduardo asks his mother the following questions as she is about to leave for Argentina. Answer them affirmatively, using direct object pronouns, as his mother would. Follow the models. Then repeat the correct response after the speaker. The questions will be repeated.*

⚙ **MODELOS**   a. ¿Compraste <u>los cheques de viajero</u>?
                Sí, los compré.

                b. ¿Verás <u>a Ana Laura</u>?
                Sí, la veré.

ML 6-4 *Restate the following sentences, using indirect object pronouns. Follow the models. Then repeat the correct response after the speaker. Each sentence will be read twice.*

⚙ **MODELOS**   a. Pidieron ayuda <u>a la guía</u>.
                Le pidieron ayuda.

                b. ¿Llevarán recuerdos <u>para sus hijos</u>?
                ¿Les llevarán recuerdos?

ML 6-5 *Answer the following questions, using the prepositional pronouns that correspond to the subjects given. Follow the models. Then repeat the correct response after the speaker. Each question will be repeated.*

⚙ **MODELOS**   a. ¿Con quién sales hoy? (tú)
                Salgo contigo.

                b. ¿En quiénes piensan ustedes? (nuestros huéspedes)
                Pensamos en ellos.

ML 6-6 *Carlos has not traveled very much and asks his friend Ana, an experienced traveler, for some advice. Using the infinitive phrases you hear, formulate her advice to him by making **tú** commands, as she would. Use object pronouns whenever possible. The infinitive phrases will be read twice. Follow the models. Then repeat the correct response after the speaker.*

⚙ **MODELOS**   a. No dejar el pasaporte en la oficina.
                No lo dejes en la oficina.

                b. Llevarles regalos a los amigos.
                Llévaselos.

ML 6-7 *You will hear six brief comments related to travel. For each one, mark the only answer choice that COULD NOT POSSIBLY complete what you have heard. The comments will be read twice.*

CD 3,
Track 19

⚙ **MODELO**   No hay tiempo… Raúl, trae el equipaje. Y tú, Pepe,…
____ a. sígueme.
_x_ b. vayan a la parada.
____ c. sube al taxi.

1. _____   a.   hasta la avenida Colón.

   _____   b.   y siéntense en aquella esquina.

   _____   c.   y crucen la Plaza Cervantes.

2. _____   a.   pasaportes listos.

   _____   b.   maletas listas.

   _____   c.   direcciones listas.

3. _____   a.   vengan aquí a jugar.

   _____   b.   déjennos trabajar.

   _____   c.   salgan afuera a jugar.

4 _____   a.   pregunta si el avión sale a horario.

   _____   b.   pregunta si alquilan autos allí.

   _____   c.   pide información al respecto.

5. _____   a.   No se divierta.

   _____   b.   No se preocupe.

   _____   c.   Tenga paciencia.

6. _____   a.   vuelvan muy tarde.

   _____   b.   salgan solos.

   _____   c.   vayan a clase.

ML 6-8 *Listen to the following conversation, which will be read twice. You will hear eight statements based on it. Circle* **V** *(***verdadero***) if what you hear is true and* **F** *(***falso***) if it is false.*

CD 3,
Track 20

1. V	F	**5.** V	F
2. V	F	**6.** V	F
3. V	F	**7.** V	F
4. V	F	**8.** V	F

ML 6-9 **«Caminante, no hay camino».** *You will hear verses from three poems* (**XLIV, I, XXIX**) *from* **Proverbios y cantares** *(1917) by Antonio Machado (1875–1939), a well-known Spanish poet. These poems, in the order given below, have been put to music by various singers, including the famous Joan Manuel Serrat. Read along as you listen to the poems being read by a native speaker, and then do the comprehension exercise that follows. (Note: If you would like to hear these verses with music, you can find a version of* **«Caminante, no hay camino»** *on YouTube™.)*

CAMINANTE, NO HAY CAMINO

Poemas de Antonio Machado

XLIV
Todo pasa y todo queda,
pero lo nuestro es pasar,
pasar haciendo caminos,
caminos sobre la mar.

I
Nunca perseguí° la gloria   busqué
ni dejar en la memoria
de los hombres mi canción;
yo amo los mundos sutiles,°   *subtle, delicate*
ingrávidos° y gentiles°   *light, weightless / kind*
como pompas de jabón.°   *pompas... soap bubbles*
Me gusta verlos pintarse
de sol y grana,° volar°   *deep red / to fly*
bajo el cielo azul, temblar°   *to tremble*
súbitamente° y quebrarse.°   *suddenly / burst, pop*

XXIX
Caminante, son tus huellas°   *footprints*
el camino, y nada más;
caminante, no hay camino,
se hace camino al andar.°   *al... when you walk*

Al andar se hace camino,
y al volver la vista atrás°   *al... upon looking back*
se ve la senda° que nunca   *camino*
se ha de volver a pisar.°   *volver... step again*
Caminante, no hay camino,
sino estelas° en la mar.   *trails*

From "Proverbios y cantares," 1917.

Now you will hear five statements based on these poems. Circle **V** (**verdadero**) *if what you hear is true and* **F** (**falso**) *if it is false. Each statement will be read twice.*

1. V   F   **4.** V   F

2. V   F   **5.** V   F

3. V   F

CAPÍTULO 7

Gustos y preferencias

CD 4,
Track 2

ML 7-1   *Julia and Mike are driving along a street in Bogotá.*

A.   *Listen to their conversation. You will then hear five statements, each of which is true for either Julia or Mike. Circle the letter of the person the statement refers to. Each statement will be repeated.*

1. (a) Julia   (b) Mike

2. (a) Julia   (b) Mike

3. (a) Julia   (b) Mike

4. (a) Julia   (b) Mike

5. (a) Julia   (b) Mike

CD 4,
Track 3

B.   *Now listen to the conversation again. You will then hear five statements based on it. Circle* **V** **(verdadero)** *if what you hear is true and* **F** **(falso)** *if it is false. Each statement will be repeated.*

1. V   F   **4.** V   F

2. V   F   **5.** V   F

3. V   F

CD 4,
Track 4

ML 7-2   *Mike and Julia are chatting in a downtown area of Bogotá.*

A.   *Listen to their conversation, which will be read twice. As you listen to it for the second time, respond to the true/false statements in your manual by circling* **V** **(verdadero)** *or* **F** **(falso),** *as appropriate.*

1. V   F   A Julia le encanta el ritmo de la música que ella y Mike escuchan.

2. V   F   Es una música romántica, de ritmo lento.

3. V   F   Mike no quiere entrar al club porque no le gusta bailar.

4. V   F   Julia insiste y finalmente Mike acepta entrar con ella.

CD 4,
Track 5

B.   *Now listen to some excerpts from the song* «**Ya lo dijo Campoamor**»*. The excerpts will be repeated. As you listen to them for the second time, respond to the true/false statements in your manual by circling* **V** **(verdadero)** *or* **F** **(falso)** *in the spaces provided, as appropriate.*

Vocabulario

enano	*dwarf*
oso	*bear*
muletas	*crutches*
gallo	*rooster*
billar	*billiards*

1. V   F   Esta canción es un diálogo entre tres personas: Guillermo, Willy Chirino y Álvarez Guedes.

2. V   F   Según Willy Chirino, en su pueblo había una burra experta en ortografía.

3. V   F   También había un enano de noventa años de edad.

4. V   F   Había además un gallo que sabía leer y escribir.

5. V   F   Según Álvarez Guedes, en su pueblo había cosas más fabulosas que en el pueblo de Willy Chirino.

6. V   F   Dice Álvarez Guedes que en su pueblo había un oso que fue campeón de billar.

7. V   F   También había un gato con muletas.

8. V   F   Y según él, ¡en su pueblo creció un árbol de dinero!

ML 7-3   *Answer the following questions with a form of* **gustar**, *as in the models. Then repeat the correct response after the speaker. The questions will be repeated.*

CD 4,
Track 6

❀**MODELOS**   a. ¿Por qué no comes frutas?
Porque no me gustan las frutas.

b. ¿Por qué no van ellos al ballet?
Porque no les gusta el ballet.

ML 7-4   *You will hear five sentences; each one will be read twice. Circle the letter of the most appropriate response.*

CD 4,
Track 7

1. (a) Déjame pensar.

   (b) Porque llueve.

   (c) Porque tengo sed.

2. (a) Más o menos.

   (b) Un momento, por favor.

   (c) Vamos a comer.

3. (a) ¡Qué bien! ¡Eso me parece fantástico!

   (b) Tiene celos. ¡Eso es obvio!

   (c) No sabe nada, absolutamente nada.

4. (a) ¡Qué tontería!

   (b) Entonces, ¡hagamos una fiesta!

   (c) ¡Cómo no! ¿A qué hora?

5. (a) No me interesa.

   (b) Usted es muy amable. ¡Gracias!

   (c) ¡No veo la hora!

ML 7-5 *You will hear a comment based on each drawing in your manual. Look at the drawings carefully; then circle* **V** **(verdadero)** *if the comment is true, and* **F** **(falso)** *if it is false. The comments will be repeated.*

CD 4,
Track 8

1. V   F   **2.** V   F   **3.** V   F

4. V   F   **5.** V   F

ML 7-6 *Restate the following negative statements affirmatively, following the model. Then repeat the correct response after the speaker.*

CD 4,
Track 9

❀ **MODELO**   No quiero verte aquí jamás.
                   Quiero verte aquí siempre.

ML 7-7 *Create new sentences by replacing the emphasized phrase with the phrase provided in parentheses. Be sure to use or omit the personal* **a,** *as appropriate. Change the verb to subjunctive if necessary; then repeat the correct response after the speaker.*

CD 4,
Track 10

❀ **MODELOS**   a. Aquí <u>hay alguien</u> que lleva corbata.
                   (no hay nadie)
                   Aquí no hay nadie que lleve corbata.

              b. Buscamos a <u>la profesora</u> que enseña flamenco.
                   (una profesora)
                   Buscamos una profesora que enseñe flamenco.

🔊 **ML 7-8** *Restate the sentences, changing the verb in the main clause to a form of **ir a** + infinitive and making all*
CD 4,
Track 11
the necessary changes. Follow the models.

⚙ **MODELOS**
    a. Lo hago cuando no tengo tanta prisa.
       Lo voy a hacer cuando no tenga tanta prisa.

    b. Ellos cocinaron después de que salió papá.
       Ellos van a cocinar después de que salga papá.

🔊 **ML 7-9** *Listen to the conversation between Pablo and Ana as they decide what to buy at the store. You will hear*
CD 4,
Track 12
the conversation twice. Make a shopping list for them based on the conversation. The first item is done for you.

1. _____ **arroz** _____

2. _____

3. _____

4. _____

5. _____

6. _____

STUDENT ACTIVITIES MANUAL **Manual de laboratorio**

CAPÍTULO 8

Dimensiones culturales

CD 4,
Track 13

ML 8-1 *Tomás is reading a book in the students' cafeteria when Julia and Jessica approach him.*

A. *Listen to the conversation that takes place among them. You will then hear four questions based on it. Circle the letters of the most appropriate answers. Each question will be repeated.*

1. (a) un libro sobre los incas   (b) un libro sobre los mayas

2. (a) observatorios   (b) museos

3. (a) un calendario exacto   (b) una música muy rítmica

4. (a) «No los entendemos.»   (b) «¿Cómo se llama este lugar?»

CD 4,
Track 14

B. *Now listen to the conversation again. Complete the sentences that follow by circling the letters of the appropriate endings. Each sentence will be repeated.*

1. (a) té   (b) café   (c) agua

2. (a) símbolo   (b) desarrollo   (c) cero

3. (a) una idea   (b) un número   (c) una raíz

4. (a) aztecas   (b) mayas   (c) incas

5. (a) Ci u than   (b) Chichén-Itzá   (c) Uxmal

CD 4,
Track 15

ML 8-2 *You will hear five statements, which will be repeated. First, make an affirmative command (without object pronouns). Then restate the sentence, adding object pronouns to the commands. Follow the models. Then repeat the correct response after the speaker.*

⚙ **MODELOS**   a. Me quito el sombrero. (usted)   b. Nos lavamos las manos. (nosotros)
                      Quítese el sombrero.   **Lavémonos las manos.**
                      Quíteselo.   **Lavémonoslas.**

CD 4,
Track 16

ML 8-3 *Give the plural forms of the sentences you hear; each will be read twice. Then repeat the correct response after the speaker.*

⚙ **MODELO**   Me levanté temprano.
                 Nos levantamos temprano.

167

♪)) **ML 8-4** *Restate the following sentences using "**se** constructions for unplanned occurrences," as in the models.*
CD 4,   *Then repeat the correct response after the speaker. The sentences will be repeated.*
Track 17

✦ **MODELOS**   a. Ramón perdió el informe.
Se le perdió el informe.

b. Toño y yo olvidamos los boletos.
Se nos olvidaron los boletos.

♪)) **ML 8-5** *You will hear eight numbered sentences. Write the number of the sentence you hear under the sign with*
CD 4,   *which you associate it. The first two sentences are marked as examples. The sentences will be read twice.*
Track 18

✦ **MODELOS**   1. No se permite doblar a la derecha.   2. Se debe parar (*stop*).

a. __1__

b. __2__

c. _____

d. _____

e. _____

f. _____

g. _____

h. _____

ML 8-6 *Listen to the description of* A Day at the Market. *It will be read twice. After the second reading, you will hear six questions. Each one will be read twice. Circle the letter of the correct answer.*

Vocabulario

montes	*highlands, woodlands*
plata	*silver*
regatear	*to haggle*

bordadas	*embroidered*
cuero	*leather*

1. a. los lunes

b. los sábados

c. los domingos

2. a. los indígenas

b. los niños

c. los turistas

3. a. Se come bien y se paga mucho.

b. Se come poco y se paga mucho.

c. Se come bien y se paga poco.

4. a. cantan

b. miran al cielo

c. regatean

5. a. de los malos momentos

b. de las buenas compras

c. de pagar demasiado

6. a. cuenta su dinero

b. va al cine

c. vuelve a casa

ML 8-7 Una carta-canción de despedida. *The following song, «Carta-Canción», lyrics by Carlos A. Bedoya and music by Juan Bernardino Méndez Vall, was composed in exile, after both authors had to leave their country for political reasons. Read along in your manual as you listen to the song. Then do the exercise that follows.*

CARTA-CANCIÓN

Letra de Carlos A. Bedoya
Música de Juan Bernardino Méndez Vall

Antes de partir
a buscar el sol
vida de mi vida,
mi guitarra está
sollozando° en Fa°   *sobbing / key of F*
para ti esta carta.

Quiero que al leer
sepas que yo fui
tras° la luz ansiada,°   *detrás de / muy deseada*
que debe alumbrar°   *iluminar*
la historia total
de la Patria° amada.   *Homeland*

Esta carta mía,
guárdala mi amor,
guárdala en tu vientre,°   *womb*
para que un clavel°   *carnation*

---

al amanecer°
te encuentre sonriente.°

al... *at dawn*
smiling

Esa flor vital
con el rostro° igual
a mi rostro ausente,
que traerá para ti
todo el sol y la alegría
que yo fui a buscar.

face

Cuando vuelva a ti
para proseguir°
nuestra agricultura,
te hallaré° total,
tórrida y frutal,
fértil hermosura.

continuar

te... *I will find you*

Y seremos tres
para releer
esta carta cierta,
que por ser social
ya no es personal
sino carta abierta.

Y seremos tres
y seremos mil
y tal vez millones,
para construir
el poder civil
de los corazones.

Para construir
en la libertad
nada más que amores,
todo el sol y el jazmín
y la miel° de alegría
que yo fui a buscar
que yo fui a buscar
que yo fui a buscar.

honey

Used with permission of the authors, Carlos A. Bedoya & Juan B. Méndez Vall.

 Now listen to the following five statements based on the song. Circle **V** (**verdadero**) *if the statement you hear is true and* **F** (**falso**) *if it is false. Each statement will be read twice.*

CD 4,
Track 21

1. V   F

2. V   F

3. V   F

4. V   F

5. V   F

CAPÍTULO **9**

Un planeta para todos

 ML 9-1 *Julia is visiting Amacayacu Park, a nature preserve in the Colombian Amazon, near the city of Leticia.*
CD 5, Track 2 *A tourist guide is talking to a group of tourists.*

A. *Listen to the conversation between the guide and some of the tourists. You will then hear five questions based on it. Respond to the questions by circling the most appropriate answers. Each question will be repeated.*

1. los reptiles   los mamíferos   los pájaros

2. un pájaro   un insecto   un reptil

3. cocodrilos   iguanas   anacondas

4. recuerdos   plantas   guacamayas

5. en el parque   en los mercados   en los refugios

 B. *Now listen to the conversation again. Circle* **V** (**verdadero**) *if what you hear is true and* **F** (**falso**) *if it is false.*
CD 5, Track 3 *Each statement will be repeated.*

1. V   F

2. V   F

3. V   F

4. V   F

5. V   F

6. V   F

7. V   F

8. V   F

 ML 9-2 *You will hear six sentences; each one will be read twice. Restate each sentence in the past tense, using the*
CD 5, Track 4 *imperfect indicative or subjunctive, as appropriate. Then repeat the correct response after the speaker.*

⚙ **MODELO**   Es posible que vean muchas mariposas.
                 Era posible que vieran muchas mariposas.

CD 5,
Track 5

ML 9-3 *In your manual, circle the letter of the response that correctly completes each sentence. Each sentence will be read twice.*

❋ **MODELO** La gasolina es uno de los productos...

         (a.) del petróleo   b. del bosque   c. de la ecología

1. (a) naturaleza   (b) niebla   (c) basura

2. (a) una huerta   (b) un parque   (c) una selva

3. (a) reservas   (b) latas   (c) periódicos

4. (a) las abejas   (b) los pájaros   (c) las mariposas

5. (a) árboles   (b) semillas   (c) flores

6. (a) reciclaje   (b) ecoturismo   (c) ejercicio

7. (a) del agua   (b) del aire   (c) por el ruido

CD 5,
Track 6

ML 9-4 *Restate the following sentences you hear in the past tense, following the model. Then repeat the correct response after the speaker. Each sentence will be read twice.*

❋ **MODELO** Si quieres mejorar, tendrás que cuidarte más.
               Si quisieras mejorar, tendrías que cuidarte más.

CD 5,
Track 7

ML 9-5 *You will hear six sentences. Complete each sentence with an adverb that corresponds to the prepositional phrase in the sentence you hear. Follow the models. Then repeat the correct response after the speaker.*

❋ **MODELOS** a. <u>En general</u>, ellos son muy responsables.
                 Generalmente, ellos son muy responsables.

                 b. Bajó <u>con cuidado</u>.
                 Bajó cuidadosamente.

CD 5,
Track 8

ML 9-6 *You will hear nine verbs in their infinitive forms. The verbs will be repeated. Give a noun used in this chapter and related to each of the verbs. Follow the models. Include the corresponding definite article. Then repeat the correct response after the speaker.*

❋ **MODELOS** a. reciclar   b. llover
               el reciclaje   **la lluvia**

    STUDENT ACTIVITIES MANUAL **Manual de laboratorio**

CD 5,
Track 9

ML 9-7 *You will hear eight comments about ecology and related issues. The comments will be read twice. For each of them, mark in your manual the response or reaction you find most appropriate. Follow the model.*

✿ **MODELO**   En casa no desperdiciamos nada y sólo compramos envases retornables.

( ) Probablemente acumulan mucha basura.

(**x**) Probablemente acumulan muy poca basura.

1. ( )   Te recomiendo Costa Rica.

( )   Te recomiendo Puerto Rico.

2. ( )   ¿Por qué no los tiras en la basura?

( )   ¿Por qué no los llevas al centro de reciclaje?

3. ( )   Entonces van a tener muchas flores.

( )   Entonces van a tener verduras frescas.

4. ( )   ¿Sigue cursos de estudios ambientales?

( )   ¿Sigue cursos de biología?

5. ( )   Entonces hay que reciclarla, ¿no?

( )   Entonces hay que tomar agua embotellada, ¿no?

6. ( )   Pues debería hacer ecoturismo en la Amazonia colombiana.

( )   Pues debería visitar las playas del Caribe.

7. ( )   Obviamente estaban a favor del control de la natalidad.

( )   Obviamente estaban en contra del control de la natalidad.

8. ( )   Sí, hay que plantar más árboles.

( )   Sí, hay que proteger los bosques.

CD 5,
Track 10

ML 9-8 *Listen to Ricardo, the host of the radio program "Theme of the Day," as he talks about the problems of ecology. The excerpt from his program will be read twice. After the second reading you will hear five statements read. Each statement will be read twice. Circle the letter of the correct way of finishing each of these statements.*

1. a. cuántos problemas hay

b. cuál es el peor problema

c. cómo podemos escoger

2. a. la contaminación del aire

b. la extinción de especies

c. la destrucción de la capa de ozono

3. a. la destrucción de los bosques

b. la contaminación de los ríos

c. el cambio climático

4. a. usáramos los garajes

b. tomáramos el bus

c. manejáramos mejor los coches

5. a. no destruirían árboles

b. no necesitarían ecoturismo

c. no tendrían problemas

CAPÍTULO 10

Imágenes y negocios

CD 5,
Track 11

ML 10-1 *You will hear two advertisements.*

A. *Listen to the first advertisement. Complete the sentences that follow by circling the letter of the appropriate ending. The statements will be repeated.*

1. (a) Pimienta   (b) Picante

2. (a) del almuerzo   (b) de la cena

3. (a) española   (b) latina

4. (a) días   (b) fines de semana

5. (a) Boston   (b) Edmonton

CD 5,
Track 12

B. *Now listen to the second advertisement. You will then hear seven statements based on it. Circle* **V** *(verdadero) if what you hear is true and* **F** *(falso) if it is false. Each statement will be repeated.*

1. V   F   5. V   F

2. V   F   6. V   F

3. V   F   7. V   F

4. V   F

CD 5,
Track 13

ML 10-2 *Answer the following questions using the present perfect tense and object pronouns, following the models. Then repeat the correct response after the speaker. Each question will be read twice.*

✿ **MODELOS**   a. ¿Abrió usted el restaurante?
                     Sí, lo he abierto.

                  b. ¿Visitaron ustedes a las dueñas?
                     Sí, las hemos visitado.

CD 5,
Track 14

ML 10-3 *Restate the following sentences using the present perfect subjunctive and the cues provided. Follow the models. Then repeat the correct response after the speaker. The sentences will be repeated.*

✿ **MODELOS**   a. Dudo que llames mañana. (ayer)
                     Dudo que hayas llamado ayer.

                  b. No creo que tengan hambre ahora. (anoche)
                     No creo que hayan tenido hambre anoche.

175

ML 10-4   *For each item, mark the sentence that you hear. Each sentence will be read twice.*

✿ **MODELO**   ( ) Obtuve una cita con el profesor.

(x) Hoy tuve una cita con el profesor.

1. ( )   Alma tiene una familia grande.

( )   Él mantiene a una familia grande.

2. ( )   Eso es muy caro.

( )   Eso es un carro.

3. ( )   ¿Lo quieres ahora?

( )   ¿Lo quieres ahorrar?

4. ( )   Sé que el anuncio fue ayer.

( )   Sé que él anunció eso ayer.

5. ( )   Elvira gastó mucho.

( )   Él regateó mucho.

6. ( )   ¿Le contaste el secreto a Mario?

( )   ¿Le contaste eso al secretario?

7. ( )   El dueño vendió la tienda.

( )   El dueño lo vio en la tienda.

ML 10-5   *You will hear eight questions. Each one will be read twice. Answer each question by circling the best response. Follow the model.*

✿ **MODELO**   ¿Cómo se llama la persona que trabaja en una tienda?

cura | dependiente | deuda

1. dueño	vendedor	presupuesto
2. la ropa	los anuncios	las deudas
3. ahorrar	gastar	conservar
4. tiendas	oficinas	hospitales
5. contratar	reducir	regatear
6. invertirla	pagarla	prestarla
7. un estudiante	un médico	un profesor
8. ganar dinero	gastar dinero	malgastar dinero

ML 10-6 *You will hear six questions. Answer the questions affirmatively, using the past perfect tense and the cues provided. Follow the model. Then repeat the correct response after the speaker. The questions will be repeated.*

CD 5, Track 17

⚙ **MODELO** ¿Viste esa película antes? (dos veces)
Sí, había visto esa película dos veces antes.

 ML 10-7 *Answer the following questions in the affirmative, using the appropriate past participle forms, as in the models. Then repeat the correct response after the speaker.*

CD 5, Track 18

⚙ **MODELOS** a. ¿Abrieron la ventana?
Sí, la ventana está abierta.

b. ¿Rompieron los platos?
Sí, los platos están rotos.

 ML 10-8 *Read along as you listen to the following conversation between Ramón and a salesperson. While you listen to what they are saying, complete their dialogue by circling in your manual the words they use in their conversation.*

CD 5, Track 19

VENDEDORA: Buenas tardes, señor. ¿En qué puedo (ayudarle / servirle)?

RAMÓN: Buenas tardes. Sólo estoy mirando.

VENDEDORA: ¿Le interesa esa (computadora / calculadora)? Es de muy alta (cualidad / calidad).

RAMÓN: Pues, no sé. ¿Cuánto (cuesta / es)?

VENDEDORA: Dos (billones / millones) de pesos. (Está / Fue) hecha en (Japón / Hong Kong). Y viene con una (batería recargable / impresora láser) de muy alta calidad.

RAMÓN: ¡Dos (billones / millones) de pesos! ¡Qué (cara / caramba)! La verdad es que vine aquí a comprar una (computadora / calculadora) que me ayudara a controlar los gastos. O sea, que no quería gastar (tanto / mucho).

VENDEDORA: Pues, permítame mostrarle este modelo. Esta (computadora / calculadora) no tiene (impresora láser / batería recargable) y no es tan rápida como la otra, pero está a precio (fijo / reducido). Sólo cuesta un (millón / billón) de pesos.

RAMÓN: Mmm... Pues, ¿me haría el favor de (enseñarme / mostrarme) la computadora más barata que (venden / tienen)?

VENDEDORA: Con mucho gusto. Mire usted... Esta computadora está muy (barata / bien hecha). Pero no tiene (programación / programa) para calcular los gastos y no tiene mucha (calidad / memoria).

RAMÓN: ¿O sea, la otra, la de un (millón / billón) de pesos, es mejor para (calcular / programar) los gastos?

VENDEDORA: (Mucho / Bastante) mejor, sin duda alguna.

RAMÓN: ¿Ustedes aceptan tarjetas de (débito / crédito)?

VENDEDORA: Claro que sí.

RAMÓN: Entonces, quizás debo (llevar / comprar) el modelo de un (millón / billón) de pesos. ¡Y voy a (comenzar / empezar) a usarla hoy mismo, para controlar bien los gastos!

ML 10-9 «He andado muchos caminos». *You will now hear verses from a poem from* Soledades, galerías y otros poemas *(1907) by Antonio Machado (1875–1939), a well-known Spanish poet. This poem has been put to music by famous singer and composer Joan Manuel Serrat. Read along as you listen to the poem and then do the comprehension exercise that follows. (Note: If you would like to hear these verses, with music, you can find a version of* «**He andado muchos caminos**» *on YouTube.)*

CD 5,
Track 20

HE ANDADO MUCHOS CAMINOS

Poema de Antonio Machado

He andado muchos caminos,
he abierto muchas veredas;°   *paths*
he navegado en cien mares
y atracado° en cien riberas.°   *docked / shores*

En todas partes he visto
caravanas de tristeza,
soberbios° y melancólicos   *arrogantes*
borrachos° de sombra° negra.   *drunks / shadow*

Y pedantones al paño°   **pedantones**... *know-it-all*
que miran, callan y piensan   *bigheads*
que saben, porque no beben
el vino de las tabernas.

Mala gente que camina
y va apestando° la tierra...   *stinking*

Y en todas partes he visto,
gentes que danzan o juegan,
cuando pueden, y laboran
sus cuatro palmos de tierra.°   *cuatro... very small piece of land*

Nunca, si llegan a un sitio,°   *lugar*
preguntan a dónde llegan.
Cuando caminan, cabalgan°   *they ride*
a lomos° de mula° vieja,   *a... on the back / mule*

y no conocen la prisa°   *hurry*
ni aun° en los días de fiesta.   **ni**... *not even*
Donde hay vino, beben vino;
donde no hay vino, agua fresca.

Son buenas gentes que viven,
laboran, pasan y sueñan,
y en un día como tantos,
descansan bajo la tierra.

From "Soledades, galerias y otros poemas," 1907.

Now you will hear five statements based on this poem. Circle **V** (**verdadero**) *if what you hear is true and* **F** (**falso**) *if it is false. Each statement will be read twice.*

CD 5,
Track 21

1. V   F   4. V   F

2. V   F   5. V   F

3. V   F

178   STUDENT ACTIVITIES MANUAL **Manual de laboratorio**

CAPÍTULO 11

¡Adiós, distancias!

CD 6,
Track 2

ML 11-1 *Mike and Julia are talking with Mrs. Gutiérrez, Julia's mother.*

A. *Listen to their conversation. You will then hear four questions about it. Circle the letters of the most appropriate answers. Each question will be repeated.*

1. (a) en el aeropuerto   (b) en su casa

2. (a) refrescos   (b) cervezas

3. (a) se divirtieron   (b) se enfermaron

4. (a) un archivo de reserva   (b) unos chistes

CD 6,
Track 3

B. *Now listen to the conversation again. You will then hear seven statements, each of which is true for either Julia, Mike, Mrs. Gutiérrez, or for both Julia and Mike. Circle* **Julia, Mike, señora Gutiérrez,** *or* **Julia y Mike,** *whomever the comment refers to. Each statement will be repeated.*

1. Julia   Mike   señora Gutiérrez   Julia y Mike

2. Julia   Mike   señora Gutiérrez   Julia y Mike

3. Julia   Mike   señora Gutiérrez   Julia y Mike

4. Julia   Mike   señora Gutiérrez   Julia y Mike

5. Julia   Mike   señora Gutiérrez   Julia y Mike

6. Julia   Mike   señora Gutiérrez   Julia y Mike

7. Julia   Mike   señora Gutiérrez   Julia y Mike

CD 6,
Track 4

ML 11-2 *You will hear five sentences about a party; each one will be repeated. Change the sentences to the past, following the model. Then repeat the correct response after the speaker.*

⚙ **MODELO**   Me alegro que la fiesta sea en casa de Juliana. (Me alegraba)
Me alegraba que la fiesta fuera en casa de Juliana.

CD 6,
Track 5

ML 11-3 *You will hear four conditional statements. Each of them will be read twice. Restate them in the past, following the model. Then repeat the correct response after the speaker.*

⚙ **MODELO**   Si tuviéramos dinero, compraríamos una computadora nueva.
Si hubiéramos tenido dinero, habríamos comprado una computadora nueva.

ML 11-4 *Give short answers to the following questions, which are based on the drawing in your manual. Then repeat the correct responses after the speaker. Each question will be read twice.*

✿ **MODELO** ¿Cómo se llama la máquina que sirve para imprimir documentos?
Se llama impresora.

el teclado

Edward P. Faith

ML 11-5 *Circle the word or phrase that corresponds to the definition you hear. Follow the model. The definitions will be repeated.*

✿ **MODELO** Sinónimo de computadora.
servidor (ordenador) buscador

1.	aplicación	buscador	móvil
2.	usuarios	ciberamigos	amigos platónicos
3.	archivar	bajar	guardar
4.	por lo menos	por si acaso	por otra parte
5.	por las dudas	por completo	por eso
6.	descargar	subir	comprobar
7.	registrarse	programar	salir del sistema
8.	movible	compacta	portátil

STUDENT ACTIVITIES MANUAL **Manual de laboratorio**

ML 11-6 *Answer the following questions in the affirmative. Use* **por** *or* **para** *in your answers, as in the models. Then repeat the correct answer after the speaker. Each question will be read twice.*

CD 6, Track 8

✿**MODELOS**

a. ¿Van ustedes hacia la universidad?
    Sí, vamos para la universidad.

b. ¿Entró él a través de la ventana?
    Sí, él entró por la ventana.

ML 11-7 **Házmelotodo.** *Listen to the following story, which will be read twice. You will then hear six statements based on it. Circle* **V** **(verdadero)** *if the statement is true and* **F** **(falso)** *if it is false. The statements will be read twice.*

CD 6, Track 9

1. V   F

2. V   F

3. V   F

4 V   F

5. V   F

6. V   F

ML 11-8 **Dictado.** *The title of the following paragraph could be* «**Un enigma de pensamiento lateral**» *("A Puzzle of Lateral Thinking"). Write the sentences as you hear them. Each sentence will be read twice. At the end of the dictation, the entire paragraph will be read once again.*

CD 6, Track 10

_____

_____

_____

_____

_____

_____

_____

_____

_____

_____

_____

_____

_____

_____

_____

_____

_____

_____

_____

_____

CAPÍTULO 12

¡Viva la imaginación!

ML 12-1 *It's been a year since Mike and Julia met at a party. Much has happened since then, and Julia's life is definitely not the same . . .*

CD 6,
Track 11

A. *First listen to the following conversation between Mike and Julia, who meet at Plaza Bolívar. You will then hear five questions based on it. Circle the letters of the most appropriate answers. Each question will be repeated.*

1. (a) Mike   (b) Julia

2. (a) Mike   (b) Julia

3. (a) Es antropólogo.   (b) Es fotógrafo.

4. (a) fotografía   (b) arte y pintura

5. (a) en la Universidad de los Andes   (b) en la Universidad de Florencia

B. *Now listen to the conversation again. Complete the sentences that follow by circling the letters of the most appropriate answers. Each sentence will be repeated.*

CD 6,
Track 12

1. (a) la Universidad de Florencia.   (b) un amigo.   (c) Julia.

2. (a) la Universidad de Florencia.   (b) un amigo.   (c) Mike.

3. (a) trabajar con un amigo.   (b) visitar a su amigo. (c) conocer Río de Janeiro.

4. (a) por teléfono.   (b) por escáner.   (c) por carta/e-mail.

5. (a) en dos semanas.   (b) en unos meses.   (c) en un año.

6. (a) Colombia.   (b) Brasil.   (c) Italia.

ML 12-2 *Restate the following sentences using the present progressive tense. Follow the model. Then repeat the correct response after the speaker.*

CD 6,
Track 13

✿ **MODELO**   Cecilia y Rogelio leen el texto de español.
                  Cecilia y Rogelio están leyendo el texto de español.

ML 12-3 *Restate the following sentences using diminutives that end in a form of -ito. Follow the models. Then repeat the correct response after the speaker.*

CD 6,
Track 14

✿ **MODELOS**   a. Mamá leyó un poema.
                     Mamita leyó un poemita.

                  b. Eduardo dibuja muchas casas.
                     Eduardito dibuja muchas casitas.

ML 12-4 *Find the word that best completes the sentence you hear. Write the number of the sentence in the space provided, following the models.*

CD 6,
Track 15

✤ **MODELOS**   1. Una mujer que enseña en una universidad es una…

2. Pablo Picasso era…

_____ científico   _____ arquitecto   ___2___ pintor   _____ escultora

_____ carpintero   ___1___ profesora   _____ novelista   _____ actriz

_____ poeta   _____ músico   _____ dibujante   _____ inventor

ML 12-5 *Create new sentences by substituting in the base sentence the word or phrase that you hear. Make all necessary changes. Follow the models. Then repeat the correct response after the speaker.*

CD 6,
Track 16

✤ **MODELOS**   a. <u>Lo terrible</u> es que fracasó en el examen. (Lo malo)
      Lo malo es que fracasó en el examen.
      (Lo cierto)
      Lo cierto es que fracasó en el examen.

b. <u>Esos muchachos</u>, los que están sentados, siguen un curso de fotografía.
      (Aquel señor)
      Aquel señor, el que está sentado, sigue un curso de fotografía.
      (Mi amiga)
      Mi amiga, la que está sentada, sigue un curso de fotografía.

1. Tengo una profesora cuyo <u>esposo</u> es biólogo.

2. ¿Dónde están <u>los primos</u> de Jorge, los que ayer fueron a la conferencia?

3. <u>La muchacha</u> con quien estudio acaba de volver de la biblioteca.

4. <u>Lo interesante</u> será saber la opinión del arquitecto.

5. ¿Puede llevarnos <u>al colegio</u> detrás del cual hay un parque?

ML 12-6 *You will hear seven incomplete statements. Complete them by circling the word that best fits each statement, following the model. The statements will be read twice.*

CD 6,
Track 17

✤ **MODELO**   Un lugar donde se venden libros es…
      una biblioteca (una librería) una tienda

1. un ensayo	un poema	un cuento
2. estampilla	tela	humor
3. un carácter	un personaje	un narrador
4. crear	copiar	escribir
5. retratos	tejidos	investigaciones
6. tiempo	carácter	persona
7. una novela	una escultura	una carta

ML 12-7 *You will hear eight brief descriptions of important Hispanic artists, writers, or scientists. For each one, you are given two possible answers. Circle the name of the person that corresponds to the description you hear. Follow the model.*

✿ **MODELO** Músico español; famoso violoncelista y director de orquesta. Murió en 1973...
Julio Iglesias ⟨Pablo Casals⟩

1. Laura Esquivel   Isabel Allende

2. Miguel de Cervantes   Miguel de Unamuno

3. Pablo Neruda   Gabriel García Márquez

4. José Martí   Jorge Luis Borges

5. Gabriela Mistral   Frida Khalo

6. Pablo Picasso   Francisco José Goya

7. Mario Molina   Mario Benedetti

8. Rufino Tamayo   Antoni Gaudí

ML 12-8 *Listen to the reading of a letter written by Carlos to his sister Aracely. It will be read twice. After the second reading, you will hear six statements based on what you heard. Each statement will be read twice. Circle* **V** (**verdadero**) *if the statement is true and* **F** (**falso**) *if it is false.*

1. V   F   **4.** V   F

2. V   F   **5.** V   F

3. V   F   **6.** V   F

ML 12-9 Una polca paraguaya. *The following song is a Paraguayan polka, a type of music also known as* **Danza paraguaya** *(Paraguayan dance), created in Paraguay in the 19th century.* **"Princesa de mi tierra,"** *with lyrics by Juan Bernardino Méndez Vall and music by his father, Epifanio Méndez Fleitas, is dedicated—according to the author of the lyrics—"to our ideals for our native land, poetically symbolized in the* **'princesa'** *of* **'Princesa de mi tierra.'"** *Read along as you listen and then do the comprehension exercise that follows.*

PRINCESA DE MI TIERRA

Letra: Juan Bernardino Méndez Vall
Música: Epifanio Méndez Fleitas

En mis densas horas de insondables° ansias°   impenetrables / deseos
reclamo tu aliento,° númen° de mi vida;   *breath* / inspiración
ora° me propongo por arte de magia   ahora
transponer° tu alma como alada brisa.°   *to go beyond* / **alada**... *swift breeze*

Veces° te me adentras° en mi mente y venas°   *A veces* / **te**... entras / *veins*
a encrespar las olas° de mi sangre indiana,   **a**... *to curl the waves*
cuando te imagino junto a mis banderas,
bellas esperanzas por doquier° derramas.°   **por**... *everywhere* / *you scatter*

Sueño contemplarte bajo el cielo patrio
entre sus jardines y sus verdes selvas.
¡Quién fuera° el destello° que irradia tu cuerpo!   **Quién**... *Who might be* / *sparkle*
¡Quién fuera tu sombra, divina princesa!

Te doy mi palabra: cuanta maravilla°
luce la natura,° mi bella princesa,
pondré yo en tus manos por hacer que° un día
reines° en mi tierra de amores sedienta.°

cuanta... *all the wonder*
luce... *nature has*
por... *so that*
you might reign / thirsty

Used with permission of the author. Juan Bernardino Méndez Vall.

CD 6,
Track 21

Now you will hear eight statements based on the song. Circle **V** **(verdadero)** *if the statement is true and* **F** **(falso)** *if it is false. Each statement will be read twice.*

1. V   F

2. V   F

3. V   F

4. V   F

5. V   F

6. V   F

7. V   F

8. V   F